PROFIL D'UNE ŒUVRE
Collection dirigée par Georges Décote

Antigone
(1944)

JEAN ANOUILH

ÉTIENNE FROIS
Agrégé des Lettres

SOMMAIRE

© HATIER, PARIS, AOÛT 1998 ISSN 0750-2516 ISBN 2-218-**73854**-6

Toutes les références de pages renvoient à *Antigone*, aux éditions de la Table Ronde, 1991.

1 Encore une Antigone ? Pourquoi ?

DE LA LÉGENDE...

La Grèce antique, par l'intermédiaire de ses poètes et de ses dramaturges, nous a transmis un grand nombre de légendes. Enseignées dans les écoles, reprises par les écrivains, elles ont fini par se fondre dans le patrimoine national, et faire partie intégrante de notre culture. Les malheurs d'Andromaque, les amours incestueuses de Phèdre, le sacrifice d'Iphigénie, autant d'histoires familières aux lecteurs de Racine. Gageons que la Guerre de Troie ou la devinette que le Sphinx pose à Œdipe sont mieux connues de beaucoup d'étudiants que la lutte de Lancelot du Lac contre le roi Artus ou le chant de guerre des Francs : nous sommes beaucoup plus nourris des légendes grecques que des fables qui nous sont propres.

Qu'on prenne garde cependant que, jusqu'à nos jours, elles n'ont été utilisées qu'à titre d'*histoires*, de récits, certes fabuleux, mais sans portée spéciale, morale ou philosophique. Racine *raconte* les amours contrariées d'Hermione, de Pyrrhus et d'Oreste comme il le ferait pour des intrigues à la cour de Versailles, et, s'il entend faire profiter sa pièce du crédit de la « vénérable antiquité », il n'en retire ni dogmes, ni leçons.

...AU MYTHE

Il appartenait au XXe siècle de restituer à ces tragédies leur véritable dimension, et de les considérer, non comme des récits, mais comme des *mythes*.

Les Anciens ont exprimé, en effet, à travers l'histoire d'une famille — la « saga » des Atrides et celle des Labdacides —

ou d'un personnage, un certain nombre de grandes idées, par exemple sur les rapports de l'homme et du destin, de la justice et de l'ordre, de l'individu et de la cité. C'est pour illustrer ces thèmes fondamentaux, pour nous limiter à trois cas, qu'ont été composés *Œdipe roi*, *Électre* et *Antigone*. Sophocle a voulu ainsi montrer soit l'écrasement d'un mortel par une fatalité dont rien n'arrêtera le mécanisme impitoyable, soit le cycle du crime, de la vengeance et du châtiment, soit le conflit de la loi morale et de la loi sociale. En même temps, il a voulu dénoncer le règne de la violence, qu'il appelle la démesure (*hybris*).

Dès lors, quand, après un long intervalle, nos auteurs ont choisi de remettre à la scène des Œdipes, des Électres et des Antigones, ils l'ont fait avec l'intention manifeste de nous *dire* quelque chose. La narration n'est plus l'essentiel. Allaient-ils pour autant reprendre les idées des Anciens ? Assurément non : tout avait été merveilleusement précisé sur ce point, et même si certains thèmes semblaient inépuisables, les perspectives avaient changé. En renouant donc avec le tragique, les dramaturges contemporains ont voulu — à travers des fables millénaires — poser des problèmes ou exprimer des sentiments de leur temps. Le mythe d'autrefois est devenu un *prétexte* pour énoncer des idées neuves — qu'elles soient propres à l'époque ou personnelles à l'auteur — sous une forme nouvelle.

UN ÉCLAIRAGE MODERNE

Voilà pourquoi on a vu reparaître Œdipe (Cocteau, *La Machine infernale*, 1934), Électre (Giraudoux, *Électre* , 1938), Oreste (Sartre, *Les Mouches*, 1943) et Antigone (Anouilh, *Antigone*, 1944), pour ne citer que quelques pièces parmi toutes celles qui — en France et à l'étranger — ont repris un vieux mythe en en modifiant sensiblement l'éclairage et la signification. Cocteau, dans un vaudeville tragique, fait d'Œdipe un lourdaud, et de sa rencontre avec le Sphinx une histoire d'amour. Giraudoux compose un brillant paradoxe sur les dangers de la justice intégrale, et la nécessité de l'oubli dans la vie des nations. Sartre fait d'Oreste un professeur d'existentialisme qui apprend aux hommes à être libres. Anouilh enfin donne à la jeune fille grecque que lui avait léguée Sophocle les traits de ses héroïnes antérieures, cependant qu'elle et son oncle Créon deviennent les représentants d'une humanité qui vacille pour avoir vu s'écrouler toutes ses croyances.

Pour apprécier l'entreprise d'Anouilh, il sera nécessaire de présenter d'abord son oeuvre, et l'itinéraire qu'il a suivi. Ayant ainsi fait connaissance avec Anouilh, nous pourrons, après cette promenade, revenir à *Antigone*, et pour dégager son originalité profonde, nous la comparerons à la pièce de Sophocle. Que de différences, aussi bien dans l'atmosphère que dans la psychologie des personnages, aussi bien dans la conception de la tragédie que dans les thèmes qui reviennent comme un refrain. Mais c'est peut-être la mise en oeuvre qui permettra le mieux de caractériser l'art et la manière d'Anouilh, ce mélange de tendresse et de cruauté, de passion et de sarcasmes qui fait d'*Antigone* une pièce brûlante de jeunesse.

2 L'œuvre de Jean Anouilh

ÉDITION D'ENSEMBLE DU THÉÂTRE D'ANOUILH

« Pièces roses »

Humulus — Le Muet — Le Bal des voleurs — Le Rendez-vous de Senlis — Léocadia (La Table Ronde, 1958).

« Pièces noires »

L'Hermine — La Sauvage — Le Voyageur sans bagage — Eurydice (La Table Ronde, 1958).

« Nouvelles pièces noires »

Jézabel — Antigone — Roméo et Jeannette — Médée (La Table Ronde, 1947).

« Pièces brillantes »

L'Invitation au Château — Colombe — La Répétition ou l'Amour puni — Cécile ou l'École des pères (La Table Ronde, 1960).

« Pièces costumées »

L'Alouette — Becket ou l'Honneur de Dieu — La Foire d'Empoigne (La Table Ronde, 1960).

« Pièces grinçantes »

Ardèle ou la Marguerite — La Valse des Toréadors — Ornifle ou le courant d'air — Pauvre Bitos ou le Dîner de têtes (La Table Ronde, 1961).

« Nouvelles pièces grinçantes »

L'Hurluberlu ou le Réactionnaire amoureux — La Grotte — L'Orchestre — Le Boulanger, la Boulangère et le Petit Mitron — Les Poissons rouges ou mon Père ce héros (La Table Ronde, 1970).

Ne figurent pas dans ces éditions d'ensemble :
— *La Mandarine* (1929 non publiée).
— *Y avait un prisonnier* (*La Petite Illustration*, mai 1936).
— *La Petite Molière* (*L'Avant-scène*, n° 210, 1959).
— *Épisode de la vie d'un auteur* (*Cahiers de la Compagnie Renaud-Barrault*, mai 1959).
— *Cher Antoine* (La Table Ronde, 1969).
— *Ne réveillez pas Madame* (La Table Ronde, 1970).
— *Le Directeur de l'Opéra* (La Table Ronde, 1972).
— *Tu était si gentil quand tu étais petit* (La Table Ronde, 1974).
— *Monsieur Barnett* (La Table Ronde, 1975).
— *L'Arrestation* (La Table Ronde, 1975).
— *Chers Zoiseaux* (La Table Ronde, 1976).
— *La Culotte* (La Table Ronde, 1978).
— *Le Nombril* (La Table Ronde, 1981).

ITINÉRAIRE

De « L'Hermine » à « Roméo et Jeannette » (1932-1945)

• La révélation du théâtre

La vie d'Anouilh (1910-1987), c'est son oeuvre — du moins pour nous. Sans doute pourrions-nous énumérer quelques faits qui jalonnent son existence : nous ne le ferons pas. D'abord, parce que Anouilh a toujours été extrêmement réservé sur ce point, et que manifestement il ne désire pas étaler sa vie privée, ce qui le différencie de bien des auteurs contemporains. Rares sont les photographies qu'on a pu prendre de lui ; encore a-t-il sur la plupart d'entre elles ce regard traqué qui indique la poursuite dont il a été l'objet. En second lieu, parce qu'il a choisi d'exprimer — ou de cacher — ses sentiments et ses opinions sous le masque du théâtre, et que ce sont ses pièces, et non lui-même, qu'il s'agit d'interroger.

Tout au plus pouvons-nous mentionner qu'il est né en 1910 et qu'il avait commencé des études de droit quand, passionné de théâtre, il eut la révélation de Giraudoux. D'autres influences ont pu s'exercer sur lui, celle de Pirandello notamment. Mais celle de Giraudoux fut décisive. C'était un soir de printemps de l'année 1928 : on donnait *Siegfried* à la Comédie des Champs-Élysées. L'adolescent de dix-huit ans fut ébloui, subjugué, bouleversé : tant de facettes, tant de grâce, un tel mélange d'esprit et de poésie que Musset lui-même... Anouilh nous a conté plus tard son émotion, fraîche comme au premier soir.

• Premières pièces

C'est à la suite du choc de *Siegfried* qu'il se met à écrire, d'abord *Humulus-le-Muet* et *La Mandarine*, puis *L'Hermine* qui fut sa première pièce jouée (en 1932). Sans que l'on puisse parler de triomphe, le public comme la critique eurent le sentiment qu'un nouvel auteur était né. « Il lui manque tout, sauf l'essentiel », écrivait le lendemain un journaliste qui résumait assez bien l'opinion générale sur ce jeune homme de vingt-deux ans qui, avec une audace tranquille, semblait faire l'apologie de l'assassinat, et laissait dire à son cynique héros : « Mon amour est trop pur pour se passer d'argent. »

Après l'échec de *La Mandarine* et de *Y avait un prisonnier*, une double rencontre permit à Anouilh de perfectionner sa technique théâtrale et sa connaissance des coulisses : celle de Pitoëff[1] et de Barsacq[2] au début de l'année 1937. Le premier se passionna pour la nouvelle pièce qu'Anouilh venait d'écrire, inspirée par le *Siegfried* de Giraudoux. Avec son accent russe, son air un peu hagard, sa démarche hésitante de quelqu'un qui n'est pas bien dans sa peau, Georges Pitoëff était l'interprète idéal de ce *Voyageur sans bagage* (1937) en quête d'identité. Et sa femme Ludmilla contribuait par son charme étrange à donner son halo poétique à la pièce.

1. Georges Pitoëff : acteur et animateur de théâtre français, d'origine russe (1884-1939).
2. André Barsacq : metteur en scène français, décorateur et directeur de théâtre (1909-1973).

Le succès fut encore plus vif l'année suivante, quand il créa *La Sauvage* (1938) où le public retrouva la violence de *L'Hermine*, et voyait pour la première fois avec Thérèse le type de ces jeunes filles révoltées qui allaient être pendant longtemps la spécialité d'Anouilh. Ce fut la même année qu'il confia à Barsacq une comédie écrite depuis longtemps, et qui prouve à quel point l'inspiration tragique et la veine comique ont coexisté au début chez Anouilh. Ce *Bal des voleurs* (1938) fut un enchantement. Ces voleurs déguisés en grands d'Espagne, ces bourgeois déguisés en voleurs, ce kiosque de ville d'eau où une clarinette rythmait ironiquement la promenade des curistes, ces amours romantiques qui finissaient si bien, tout cela avait des grâces de ballet, et inaugurait une série rose qu'allaient illustrer *Léocadia* et *Le Rendez-vous de Senlis* en 1940 et 1941. Dans la première pièce, l'amour d'une jeune fille simple et bien vivante triomphe du souvenir d'une morte sophistiquée dans l'âme dolente d'un prince d'opérette ; dans la deuxième, la jeune Isabelle acceptera finalement de partir avec Georges, bien qu'il ait essayé de lui mentir en s'inventant un passé conforme à ses désirs. Tout finit pour le mieux dans le meilleur des mondes : malheureusement ce n'est pas le nôtre, et Anouilh ne nous a laissés que peu de temps dans le jardin du rêve et de l'illusion. La dure réalité nous attendait.

- **Le tragique de l'absurde**

C'est par le biais de la mythologie qu'il allait la rejoindre, suivant l'exemple que lui avait donné Cocteau et Giraudoux. Son *Eurydice* montée par Barsacq en 1942 frayait la voie à *Antigone*, écrite la même année. Pièce noire et poétique en même temps, elle rassemblait les deux thèmes essentiels qu'avait illustrés Anouilh dans deux pièces antérieures, celui de l'amour impossible (dans *La Sauvage*) et celui de l'obsession du passé (dans *Le Voyageur sans bagage*). C'est à cause de sa jalousie rétrospective qu'Orphée perdra définitivement Eurydice, et la mort seule réunira les deux amants. Plus noire encore, *Antigone* allait ajouter à cette tragique vision une dimension nouvelle : celle de l'absurde. Correspondant à une des années les plus sombres de l'occupation, elle reflétait un désespoir qu'avait déjà franchi Camus dans *Le Mythe de Sisyphe* composé à la même époque.

Il appartenait pourtant à deux pièces — qui sont loin d'être parmi les meilleures — de porter ce nihilisme à son comble. Jeannette qui se présente elle-même comme une « mauvaise fille » (*Roméo et Jeannette*, 1946) est une désolante synthèse des trois noires héroïnes de *La Sauvage*, d'*Eurydice* et d'*Antigone*, et, comme les deux dernières, elle entraîne son amant dans la mort. Quant à *Médée* (jouée seulement en 1953, mais écrite dès 1946), le choix même du sujet — cette mère de la légende grecque qui pour se venger de son mari étrangle ses propres enfants et se jette ensuite dans les flammes — prenait l'air d'une provocation, et Anouilh l'a si bien senti qu'il a retardé de sept ans la création de sa pièce. Au reste, depuis la fin de la guerre et depuis la Libération, son registre allait se modifier. À trente-cinq ans, il avait déjà fait l'expérience de son art et sa jeunesse était derrière lui : moins d'illusions, moins de recherche pathétique de la pureté, plus de scepticisme, plus de blessures ni de rancoeurs. Avec *Roméo et Jeannette* c'est une étape qui se termine.

D'abord, le rose a vécu. Il aura beau par la suite se parer en apparence de plus riches couleurs, le vernis des « pièces brillantes » laissera voir en s'écaillant de profondes lézardes, et l'amertume sera facile à déceler sous les traits du virtuose. Quant au noir, s'il disparaît aussi, ne nous y trompons pas : la catégorie qui lui succède n'est pas moins sombre pour être plus ricanante, et sous le nom volontairement déplaisant de « pièces grinçantes », elle confirmera l'accent cruel et parfois féroce qui va devenir celui d'Anouilh.

De « L'Invitation au château » à « La Valse des toréadors » (1947-1952)

• Perfectionnement du style

À partir de 1947, une nouvelle étape commence : celle de la maturité. On peut préférer quelques-unes des pièces de jeunesse, plus spontanées, *La Sauvage*, *Antigone*, ou... *Le Bal des Voleurs* mais on ne peut nier que dans celles qui vont suivre le métier s'est affirmé. Le style a acquis cette aisance qui n'est qu'à lui. Surtout l'auteur a considérablement perfectionné cette technique du théâtre que lui avaient enseignée au début un Pitoëff ou un Barsacq : certains procédés (le passage insensible d'une époque à l'autre dans la même pièce, le théâtre dans le théâtre, les retours en arrière), n'auront bientôt plus de secrets pour lui. Il en abusera, et il le sait[1]. On verra apparaître aussi les intentions satiriques, parfois plaisantes et légères, parfois vengeresses, les allusions d'actualité, les mots d'auteur.

Désormais, il n'y aura presque plus de décalage entre les dates de composition et de création de ses pièces : aussitôt terminées, les voilà en répétition, et, à quelques rares exceptions près, le succès est fidèle au rendez-vous.

- **Les pièces brillantes**

Avant de se laisser aller au rictus du grinçant, il commence dans *L'Invitation au Château* (1947) par brosser un tableau de cette société de brillants désoeuvrés qui figuraient déjà dans quelques pièces roses. Mais cette fois le trait est plus accusé, et le contraste plus frappant entre la jeune Isabelle, encore elle, la seule sincère, et le petit monde frelaté qui l'entoure. Le gracieux jardin d'hiver imaginé par Barsacq masquait la lente décomposition d'une aristocratie qu'Anouilh faisait valser en 1900, mais la date ne trompait personne.

Bien que dans ses créations alternent désormais le brillant et le grinçant, il faut rapprocher, de *L'Invitation*, *La Répétition ou l'Amour puni* (1950) qui fournit à la Compagnie Madeleine Renaud-Jean-Louis Barrault l'occasion d'un de ses spectacles les plus accomplis. Au cours des répétitions de *La Double Inconstance* de Marivaux, le comte s'éprend de la jeune Lucile (encore une « invitée au château »), et un ravissant contrepoint s'établit entre la pièce de Marivaux et celle d'Anouilh. Hélas ! la comtesse prend la tête d'une véritable conspiration contre l'amour, et Lucile s'enfuit. *La Répétition* nous avait charmés ; *L'Amour puni* nous laisse un goût de cendres. Ce sera aussi le cas l'année suivante de *Colombe* (1951), dans laquelle pour la deuxième fois Anouilh utilise son procédé favori qu'il emprunte à Pirandello : le théâtre dans le théâtre. Mais cette fois ce ne sont plus des amateurs, c'est le théâtre professionnel avec ses coulisses, ses monstres sacrés, ses drames, qui fournit le cadre et le sujet de sa pièce, et c'est lui qui finit par corrompre la fragile Colombe et la séparer de

---

1. Il s'en amuse dans beaucoup de ses pièces, notamment *La Grotte* et *Ne réveillez pas Madame*.

son jeune mari. Brillantes, ces trois pièces ? Oui, sans doute, grâce au *tempo* allègre, au bal, au frou-frou des toilettes, au clinquant du théâtre surtout. Le mensonge même a ses séductions. Mais quelle angoisse sous les rires et les dorures.

- **Deux pièces grinçantes**

Aussi bien, parallèlement, Anouilh nous a donné deux pièces terribles où il ne se gêne pas pour jouer avec la douleur humaine. L'insuccès relatif d'*Ardèle ou la Marguerite* (1948), et plus tard de *La Valse des toréadors* (1952), tient à ce que les nerfs des spectateurs n'étaient pas encore préparés à subir de pareils chocs, ni leurs dents de tels grincements. L'auteur ici ne nous présente de l'amour que sa face hideuse, et quand il peint un sentiment profond et vrai, c'est pour l'attribuer à un couple de ratés qui fait scandale, un précepteur bossu, et une vieille fille, Ardèle, folle de l'amour qu'elle n'a pas connu, et qui finit par se suicider. *La Valse des toréadors*, que jadis, quand il était à Saumur, le général Saint-Pé a dansée avec Mlle de Sainte-Euverte, est le symbole de nos illusions et de nos rêves. Ghislaine s'éprendra dix-sept ans plus tard d'un bâtard du général, cependant que celui-ci, vieillard libidineux, continuera à vivre auprès de l'épouse détestée qu'il n'a pas eu le courage de quitter.

Il était temps qu'un peu d'air pur vînt renouveler et vivifier, ne fût-ce que provisoirement, l'atmosphère du théâtre d'Anouilh qui risquait de devenir asphyxiante[1].

De « L'Alouette » à « La Foire d'Empoigne » et à « L'orchestre » (1953-1952)

- **Pièces costumées**

C'est alors qu'intervient — à côté des pièces grinçantes dont le rire grimaçant et comme rouillé se fera entendre jusqu'au bout — une catégorie nouvelle : celle des pièces « costumées ». Certes, il ne faut pas croire qu'un changement de vêtement ou d'époque ait apporté nécessairement un ton

1. Sans compter qu'au début de l'année 1953, comme on l'a vu, Anouilh avait eu l'idée malencontreuse de faire jouer sa *Médée*, qu'il tenait en réserve depuis 1946.

nouveau. Mais le fait est qu'avec l'appel à l'histoire et le recul des temps Anouilh a échappé par trois fois au désert et à l'enfer de l'amour.

Surtout dans *L'Alouette*, 1953 est une étape importante dans l'itinéraire d'Anouilh : il s'arrête un moment de ricaner. Et le public ne s'y est pas trompé qui a fait à la pièce un accueil triomphal. Il fut attendri par cette Jeanne d'Arc si fraîche, si décidée et si joyeuse, et ravi par le tour de passe-passe de la fin, qui escamote le bûcher. Anouilh n'avait pas renoncé pour autant à faire de Jeanne sur certains points la soeur de Thérèse, d'Eurydice ou d'Antigone : elle dit *non*, elle aussi, *non* à l'Église, aux puissants, à la vie même. Mais cette fois, sans contestation possible, son *non* était autre chose que celui de l'entêtement ou de l'orgueil, et tout le monde pouvait le prononcer avec elle puisque Anouilh avait fait de la petite alouette le symbole de l'humanité.

La deuxième pièce historique d'Anouilh, et sans doute son chef-d'oeuvre, fut *Becket* (1959). Ce libertin qui, pour défendre l'honneur du roi, se met au service de son souverain, puis, nommé contre son voeu archevêque-primat d'Angleterre, tourne casaque et se met à défendre l'honneur de Dieu. Cet « homme léger » qui vit en saint et meurt en martyr, est un des personnages les plus fascinants et les plus énigmatiques du théâtre d'Anouilh. Bornons-nous à dire ici qu'il sert une cause sans y croire : on voit jusqu'à quelles profondeurs a pénétré l'analyse.

Ce ne devait pas être le cas de la troisième pièce « costumée », *La Foire d'Empoigne* (1962), ou Anouilh met en scène plaisamment Louis XVIII et Napoléon. Ce n'est qu'une farce, l'occasion pour l'auteur de dire tout le mal qu'il pense de l'Empereur, et de la comédie des changements de régime.

• **Quatre pièces grinçantes**

D'ailleurs, dans l'intervalle de ces trois pièces (1953-1962), Anouilh avait fait représenter quatre pièces « grinçantes » dans lesquelles il avait donné libre cours à sa verve satirique et à son cynisme. À ses sentiments aussi. Ornifle qui est un homme de plaisir ne cesse d'être hanté par le problème de l'âme. Il a beau dire qu'il rejette toute morale, il prend conscience du vide devant la vieillesse imminente, et sait que le châtiment l'attend. *Ornifle* est une pièce complexe, parfois confuse, mais elle fait réfléchir, et ce n'est qu'en apparence qu'Anouilh y fait l'éloge de la futilité.

Dans un tout autre style, l'année suivante (1956), il fait représenter *Pauvre Bitos ou le Dîner de têtes*. C'est sans doute (avec *Les Poissons rouges* dont nous parlerons plus loin) la pièce la plus féroce d'Anouilh. Il y règle ses comptes. Avec qui ? Avec tout le monde, avec la droite, avec la gauche, avec l'aristocratie, la bourgeoisie, le peuple, avec la justice, avec la France, mais surtout avec les tribunaux d'exception et avec « l'épuration » de 1944. Bitos, « ce petit boursier cafard, fils de blanchisseuse, qui était toujours premier et qui est devenu substitut du procureur de la République à la Libération », est sa bête noire, et va devenir la tête de Turc d'une réunion organisée pour le perdre. Jamais la haine d'Anouilh n'avait éclaté en traits aussi cinglants et en propos aussi chargés de poison. Mais plus que la polémique, nous retiendrons le procédé dramatique utilisé. C'est en effet au cours d'un dîner que chaque invité a reçu la consigne de se travestir en un des grands révolutionnaires, et on a persuadé Bitos de prendre le masque de Robespierre. Tous les invités jouent leur rôle et tiennent des propos conformes à leur caractère et à leurs actes historiques. Mais voilà que soudain ils deviennent les personnages d'autrefois, et le passage s'opère insensiblement entre la réalité et la fiction : on sait depuis *Antigone*, *La Répétition* et *L'Alouette*, que ces glissements d'époque ou de style sont une spécialité de l'auteur. Mais il ne s'agissait ici que d'une sorte de rêve, et, revenu à lui, Bitos tombera dans tous les pièges que lui ont tendus son orgueil et son habitude de l'humiliation. « Vous allez être fouetté, Robespierre, parce que vous êtes pauvre et que vous en faites un sujet d'orgueil. » Si nous citons cette phrase atroce, c'est qu'elle permet de comprendre bien des pièces d'Anouilh, et notamment *Les Poissons rouges* quatorze ans plus tard.

Le comique de *L'Hurluberlu* (1959) est beaucoup moins grinçant. Le sous-titre est révélateur : de même que dans *Ornifle* Anouilh s'était inspiré de *Dom Juan*, ici c'est du *Misanthrope* qu'il tire bien des traits de son personnage. Le « réactionnaire amoureux » a remplacé « l'atrabilaire amoureux » de Molière. C'est du reste le moment où, avec la collaboration de Roland Laudenbach, Anouilh compose un scénario sous forme de sketches qui illustrent plusieurs épisodes de la vie du grand comédien[3]. Ludovic, l'hurluberlu, fait souvent penser à Alceste par sa maladresse et sa naïveté. Ce général, ennemi du régime, qui complote dans sa retraite, ce vieux garçon qui ne sait comment s'y prendre pour être aimé de sa femme et de ses enfants, cet idéaliste aigri qui part en guerre contre tout le monde, ce jaloux dérisoire qui se jette aux genoux de sa femme et exige presque qu'elle le trompe, c'est le Misanthrope en face de Célimène, et c'est la même émotion qui, au milieu des rires, noue la gorge des spectateurs : « L'homme est un animal inconsolable et gai. »

La gaieté allait disparaître presque entièrement de la pièce suivante, *La Grotte* (1961). Cette fois, Anouilh a voulu voir jusqu'où l'on pouvait aller « trop loin » dans l'atroce. Jamais sa vision désespérée de l'humanité n'avait atteint un tel degré d'horreur. Mais cette fois encore, le spectacle nous est présenté d'une façon si habile que c'est la virtuosité de l'auteur qui l'emporte. La « grotte », c'est le monde d'en bas — les cuisines — opposé au monde d'en haut — le comte, la comtesse et leur famille : mais ils sont aussi sordides l'un que l'autre, et se sont même mélangés, puisque autrefois le comte a été l'amant de la cuisinière. Celle-ci est assassinée. Par qui ? Comme ce noir mélodrame ne pouvait convenir à Anouilh que transposé, il a l'air de ne prendre à son compte ni l'odieux du sujet, ni les ridicules du genre. Présent en personne sur la scène, après avoir démonté sous nos yeux tous les rouages de la création dramatique et essayé toutes les combinaisons possibles, il feint finalement de renoncer à son entreprise, accablé à la fois par ses difficultés techniques et par la noirceur de ses personnages. Il nous donnait aussi une merveilleuse leçon de théâtre, et un modèle d'explication de textes.

• **Une pièce-concert**

Enfin, l'année suivante, présentée en lever de rideau avec *La Foire d'Empoigne*, il faisait jouer une pièce-concert », intitulée *L'Orchestre*. Un orchestre de femmes, comme dans *La Sauvage* ; mais cette fois-ci, quand le morceau est terminé, ces dames papotent et cancanent. Tout y passe, la

---

1. Et l'année suivante il mettra en scène *Le Tartuffe*.

cuisine, les chiffons, les amourettes, l'hygiène. C'est un déballage qui serait à peine soutenable, sans le burlesque des « numéros » et de la musique, car c'est aux moments les plus sordides ou les plus dramatiques qu'éclate le refrain de « Cocardes et Cocoricos », ou que, coiffées de ridicules petits chapeaux Louis XV, nos instrumentistes attaquent gracieusement la gavotte des Petits Marquis.

Cette pièce est un exemple parfait du « grincement » d'Anouilh, qui repose sur un contraste — celui de l'humour — entre l'atmosphère lugubre et l'allégresse du ton. Et l'auteur a dû bien s'amuser en l'écrivant.

Voici cependant qu'il se tait. Du début de l'année 1962 à la fin de l'année 1968, pas une pièce de lui n'est créée, si l'on met à part *L'Ordalie ou la petite Catherine de Heilbronn*, qui est une adaptation de la pièce de Von Kleist, et qu'il fit jouer en 1966. Lui, qui avait habitué son public à applaudir une oeuvre nouvelle presque chaque année, s'obstinait à garder le silence. Que signifiait-il ? Un choix délibéré ? Une impuissance ? Un refus ? Respectons son secret. D'ailleurs, il nous est revenu.

De « Le Boulanger, la Boulangère et le Petit Mitron » au « Nombril » (1968-1981)

• La mise en cause de l'amour et du mariage

Le Boulanger, la Boulangère et le Petit Mitron n'est pas une pièce historique : c'est une pièce sur la famille, c'est-à-dire une longue suite de scènes de ménage dont Toto fait les frais. « Pourquoi vous vous disputez toujours à table tous les deux ? C'est parce que vous ne vous aimez plus ? » questionne-t-il ingénument. Et la réponse vient, cinglante, terrible : « Non. C'est parce qu'on s'est aimés. » On a compris : une fois de plus, Anouilh dénonce l'amour et le mariage. Il nous montre les rêves des deux conjoints, il les matérialise. À table, côte à côte, servent la bonne éméchée et le maître d'hôtel solennel. Dans le lit conjugal, voisinent le couple et le tiers imaginaire. Désirs, frustrations, pensées refoulées, délires, tout nous est présenté sur le même plan que la réalité. Jamais encore Anouilh n'avait juxtaposé si intimement la vérité et la fiction. Toto, qui vient d'étudier l'histoire de la Révolution, s'imagine enfin qu'un grand malheur pourrait réconcilier ses parents, et, comme lui, nous les voyons, la main dans la main, sous les traits de Louis XVI et de Marie-Antoinette dans la prison du Temple. Ce sont des inventions délicates comme celle-ci qui introduisent une note de fraîcheur et de poésie dans ce réquisitoire sans pitié.

- **Le théâtre dans le théâtre**

Dans *Cher Antoine* représenté l'année suivante (1969), nous retrouvons le procédé favori de l'auteur, celui de *La Grotte*, de *Colombe*, de *La Répétition* : le théâtre dans le théâtre. Une fois de plus, nous sommes en présence d'un contrepoint systématique entre l'aventure humaine et la création dramatique. Le héros de l'histoire, Antoine de Saint-Flour, est un auteur adulé dans le genre d'Edmond Rostand. Avant de se tuer dans des circonstances mystérieuses, il avait fait venir dans sa retraite des comédiens pour jouer devant lui seul une pièce où il retraçait les principaux épisodes de sa vie. Il contemple ainsi son existence, et il la juge, tout en donnant des conseils aux acteurs comme Hamlet. Une jeune fille aurait pu, comme Lucile dans *La Répétition*, représenter pour lui la pureté et l'innocence au milieu de ce monde sordide et frelaté. Mais il s'est senti trop vieux, et a laissé passer le bonheur. *L'Amour raté*, dit le sous-titre, faisant écho à celui de *La Répétition*. Finalement, cela revient au même : si l'amour n'est pas puni, si ce n'est pas la société qui se ligue contre lui, c'est la vie elle-même qui se charge de l'échec. « Ne faites pas ça, ça rate toujours », disait déjà le frère de la jeune fille dans *Roméo et Jeannette*.

- **Les pauvres et les riches**

C'est dans la pièce *Les Poissons rouges* qu'Anouilh s'est le plus livré, et il s'y ébroue avec une joyeuse cruauté. En opposant Antoine (encore lui), auteur dramatique aisé, à son ex-camarade de classe, La Surette, boursier et fils du peuple, il reprend certes les thèmes maintes fois traités dans *La Sauvage*, *La Grotte*, et surtout *Pauvre Bitos*, mais il les porte ici à l'incandescence, et nous montre non plus seulement l'abîme qui sépare les pauvres des riches, mais encore la haine inexpiable que les premiers ont vouée aux seconds en dépit ou plutôt *à cause* de leurs efforts pour effacer les différences ou faire oublier leurs privilèges. « Ces cent francs, je ne te les pardonnerai jamais ! » répond La Surette quand Antoinette lui a prêté de l'argent. On voit le ton. L'acharnement des déshérités à maintenir la mauvaise conscience des nantis de la fortune, de la naissance ou de l'esprit, leur volonté de faire payer à jamais leur aisance aux bourgeois pourraient constituer la matière d'une terrible pièce noire. Non. C'est le rire qui l'emporte, un rire grimaçant bien sûr, mais libérateur. Et, plus encore que dans ses pièces antérieures, Anouilh multiplie les allusions : au théâtre d'avant-garde, aux critiques, aux intellectuels progressistes (« Ce serait merveilleux de parler longuement de la révolution cubaine ou du problème noir, sur une peau d'ours, devant un joli feu de bois, un verre de whisky à la main, après l'amour »), à ses propres oeuvres, à son incurable tendance à plaisanter et, bien entendu, comme la pièce se déroule de nos jours, à la Libération et au gaullisme.

• Le théâtre et la faillite de l'amour

Quelques mois plus tard, nouvelle création. Déjà, dans *Colombe*, *La Répétition* et récemment *Cher Antoine*, nous avions vu l'amour naître et mourir sous les feux de la rampe ou dans l'atmosphère dangereuse des coulisses. Dans *Ne réveillez pas Madame*, le théâtre est désigné expressément comme le responsable de la faillite de l'amour. « Si j'aime un homme un jour, je ne ferai pas de théâtre », affirme solennellement la petite figurante, mais naturellement personne ne la croit. *Ne réveillez pas Madame* est une pièce désespérée qui nous fait rire sans cesse, elle aussi. C'est la vie — fragmentaire, reconstituée comme un puzzle, éclatée, dit-on aujourd'hui — d'un directeur de troupe. Grandeur et misère. On répète des scènes d'*Hamlet*, de *L'École des femmes*. Anouilh s'amuse à parodier Tcheckhov, Ibsen, Bernstein. Pendant ce temps, le ménage de Julien, le metteur en scène, sa maison, ses enfants, tout va à vau-l'eau. Désordre et solitude. Sa femme le trompe. Qu'importe ! « Mes histoires à moi, ça se termine toujours en en jouant une autre. » Et puis, ces comédiens, à force de feindre, ils n'ont plus d'âme, c'est bien connu. Et l'Église n'avait-elle pas raison, qui autrefois les excommuniait ? Anouilh jongle avec un métier qu'il aime, avec le passé, avec les allusions, avec les mots, avec les êtres.

- **Les compromissions de la vie**

Les deux pièces : *Tu étais si gentil quand tu étais petit* (1974) et *Le Directeur de l'Opéra* (1972), remettent au premier plan le thème dramatique par excellence de l'oeuvre d'Anouilh : le heurt entre une jeunesse intransigeante et un âge mûr désabusé, sceptique et tendre à la fois. *Tu étais si gentil*... revient à l'Antiquité avec l'histoire d'Oreste que des acteurs de second ordre viennent rejouer chaque soir sur des scènes de province ; tous les personnages connaissent leur rôle, mais derrière ce simulacre de pièce, c'est l'humanité elle-même dont Anouilh nous révèle le jeu sans cesse recommencé : l'enfant pure et sauvage (Électre, nouvelle Antigone), d'une beauté glacée, et préférant le crime aux compromissions de la vie, fait face au couple tragique de Clytemnestre et Égisthe qui, ayant accepté l'existence, en a mesuré l'amertume.

Le Directeur de l'Opéra nous propose au fond le même sujet, mais traité dans le ton de la comédie de boulevard et non de la tragédie grecque. Le vieil Antonio, harcelé par une famille insupportable, est rejeté par son fils Toto, qui lui aussi était « si gentil » quand il était petit.

Seule l'enfance et les rêves qui lui sont attachés apportent quelque lumière dans cet univers désespéré : mais on ne peut la saisir que passée, dans le souvenir. On ne peut plus alors se sauver que par une pirouette et le brio de l'esprit. Ce n'est pas pour rien que cette pièce s'achève par un petit ballet dans un décor d'opéra et que le rideau tombe « sur de très brillants accords de l'orchestre ».

- **La nostalgie du passé**

En 1975, paraissent deux pièces qui présentent un thème cher à Anouilh : le retour sur le passé, *Monsieur Barnett* et *L'Arrestation*. Le milliardaire Monsieur Barnett, alors qu'il est chez le coiffeur, revoit son passé de garçon de ferme, à l'époque où il aimait la jeune Rébecca, seul amour de sa vie, et qu'il lui avait acheté un bijou de pacotille avec son modeste salaire. Il s'écroule et meurt devant la manucure. *L'Arrestation* a pour cadre un hôtel suranné où se retrouve le héros de la pièce, un homme mûr, qui y rencontre tous les personnages qui ont traversé sa vie. Deux pièces qui soulignent la solitude de l'homme et traduisent une certaine amertume.

• **Les dernières pièces**

Le ton change avec les dernières pièces : en 1976, *Chers Zoiseaux* ; 1978, *La Culotte* ; 1981, *Le Nombril*. Les héros, romanciers ou hommes de théâtre, tentent de réconcilier les exigences de leur vie professionnelle et de leur vie privée. L'héroïsme consiste dans l'acceptation stoïque de la vie humaine, dans l'accomplissement de son métier. Ce que ces personnages partagent avec le Créon d'*Antigone*, c'est la volonté de conserver une dignité humaine face à l'injustice et à l'absurdité de l'existence. En 1987, l'année même de la mort du dramaturge, sont publiés ses souvenirs sous le titre : *La Vicomtesse d'Eristal n'a pas reçu son ballet mécanique* ; l'ouvrage est marqué par l'ironie et l'humour, deux caractéristiques du théâtre d'Anouilh qui tempèrent le pessimisme et le désenchantement.

BILAN DE CINQUANTE ANNÉES DE THÉÂTRE

Nous voici parvenus au terme de ce parcours, et le moment est venu de faire le point sur les cinquante années de théâtre de Jean Anouilh. Plusieurs remarques s'imposent.

D'abord, en dépit des cinq rubriques sous lesquelles il a groupé ses pièces — roses, noires, brillantes, costumées, grinçantes —, reconnaissons que les différences entre elles ne sont pas très sensibles. L'amertume — cette fameuse amertume dont il se moque lui-même — perce sous le rire. Même les pièces roses ne nous persuadent et ne nous rassurent qu'à moitié. À vrai dire, s'il est un registre qui domine partout et qui exprime à lui seul le ton fondamental d'Anouilh, c'est le grinçant. C'est même la règle dans les dernières pièces, et il ne semble pas que l'auteur puisse jamais revenir en arrière, ou se donner le démenti sur ce point.

Il en est un autre qui est la conséquence logique du premier. Si, comme nous l'avons vu, on ne peut parler d'une évolution des idées, ou, si l'on préfère, de la philosophie de Jean Anouilh, on peut remarquer que sa tendance naturelle au pessimisme s'est accentuée. Il n'accepte ni la condition humaine, ni l'homme tels qu'ils sont. Et pourtant il ne pense pas qu'y puisse être changé quoi que ce soit. Son nihilisme s'affirme absolu dans ses dernières pièces : il constate la vanité de tout, et il en rit. C'est l'esprit de sérieux qui lui paraît une bouffonnerie, le rire seul permettant de supporter l'existence.

Enfin, si, au cours de ces années, ses idées sur la vie ne se sont guère modifiées, son métier d'auteur dramatique s'est considérablement enrichi et diversifié. Matérialisation de souvenirs (*Léocadia*), fragments de pièces de théâtre insérés dans le tissu de son oeuvre (*La Répétition*, *Colombe*, *L'Hurluberlu*, *Ne réveillez pas Madame*), retours en arrière (*L'Alouette*, *Pauvre Bitos*, *Becket*, *Colombe*, *Le Boulanger*..., *Cher Antoine*, *Les Poissons rouges*, *Ne réveillez pas Madame*), parodie de scènes classiques, modernes ou contemporaines, simultanéisme (*Le Boulanger*...), on n'en finirait pas de citer les procédés dont il use en véritable magicien. Et plus il avance, plus il semble accorder d'importance aux recherches techniques. On sent désormais qu'il peut tout se permettre, et qu'il s'amuse même de ses pouvoirs. Il sait qu'il est le plus rusé, le plus expert en ficelles dramatiques et qu'il connaît comme personne les ressources de son art.

Dirais-je qu'il les connaît trop, et qu'il lui arrive d'oublier que le public — lui — n'est pas orfèvre, et qu'il ne possède pas toutes les clefs ? Beaucoup de ses pièces, comme *La Grotte*, comme *Cher Antoine*, ou *Ne réveillez pas Madame*, supposent un système de références, un jeu d'allusions qui réclament des initiés ou des spécialistes pour être pleinement appréciées. On serait tenté de dire que l'oeuvre d'Anouilh tend au baroquisme, dans la mesure où son art foisonnant s'agrémente de plus en plus de « motifs » et d'arabesques.

Nous voici bien loin d'*Antigone*. Plus de quarante ans ont passé, et pourtant nous ne l'avons pas oubliée. Comme elles nous semblent pures et sobres les lignes de cette tragédie, à côté des pièces éclatantes qui ont suivi ! Laissons maintenant s'avancer vers nous, ses sandales à la main, cette petite Antigone française de 1944, mais écoutons auparavant ce que nous disait sa soeur aînée, fille de Sophocle.

3 L'Antigone de Sophocle

C'est au ve siècle avant notre ère — en 441 , précisent les érudits — que Sophocle fit jouer son *Antigone*. Il avait écrit auparavant une trentaine de pièces, mais celle-ci fut le plus grand triomphe de l'auteur, en attendant celui d'*Œdipe roi*, quelque dix ans plus tard. C'est un drame profondément émouvant, qui n'a cessé de remuer les spectateurs au cours des âges, malgré la différence des tempéraments et des sensibilités, malgré l'éloignement des temps, des lieux et des croyances.

Avant d'aborder la pièce, il convient de rappeler en quelques mots le mythe d'Œdipe.

ANTIGONE ET LE MYTHE D'ŒDIPE

Œdipe était le fils de Laïos, roi de Thèbes, et de la reine Jocaste. L'oracle de Delphes avait prédit à l'infortuné Laïos une tragique destinée : il mourrait de la main de son fils Œdipe qui épouserait ensuite sa mère. Quand son enfant naquit, il l'abandonna sur le Mont Cithéron. Œdipe fut recueilli et élevé par le roi de Corinthe, Polybe. Quelques années plus tard, il apprenait lui-même de l'oracle delphien la terrible prédiction : atterré, il décida de fuir ceux qu'il prenait pour ses parents sans savoir qu'il courait en fait au-devant de son destin. En cours de route, il se querella avec un voyageur qu'il tua : c'était son père Laïos. Il arriva aux portes de Thèbes alors plongée dans la famine et menacée par un monstre terrifiant, le Sphinx, qui dévorait tous ceux qui ne pouvaient résoudre l'énigme qu'il leur proposait. Œdipe en débarrassa la cité ; les citoyens reconnaissants le prirent pour roi et c'est ainsi qu'il épousa la veuve du roi défunt, Jocaste, sa mère.

Quatre enfants naquirent de cette union : deux fils, Étéocle et Polynice, et deux filles, Antigone et Ismène.

Œdipe apprit un jour l'horrible vérité de la bouche du devin Tirésias, le vieux prophète aveugle. Il se creva les yeux, tandis que Jocaste se donnait la mort. Il quitta Thèbes, et erra guidé par sa fille Antigone. Quant à ses deux fils, ils proclamèrent leur droit au trône et décidèrent de régner chacun à leur tour pendant une année. Mais Étéocle refusa de rendre à Polynice le pouvoir annuel qui lui revenait et il le chassa de la ville. Celui-ci se réfugia à Argos et vint assiéger Thèbes avec six autres chefs argiens. Les deux frères s'entre-tuèrent.

Créon, le frère de Jocaste, prit alors le pouvoir. À Étéocle, qui avait combattu pour défendre la cité contre les assaillants, furent accordées des funérailles grandioses, tandis que le corps de Polynice fut destiné à être abandonné sans sépulture aux chacals et aux oiseaux de proie. Tel fut le décret de Créon : quiconque oserait lui rendre les devoirs funèbres serait mis à mort. Il bravait ainsi toutes les lois divines et sacrées, condamnant l'âme de Polynice à errer éternellement sans jamais trouver le repos ni pouvoir entrer dans le royaume des morts. Antigone et Ismène apprirent avec horreur la décision de Créon. Antigone ne voulut pas abandonner son frère et préféra affronter la mort pour accomplir les rites funéraires. Ismène tenta de la raisonner et de la dissuader de s'opposer au pouvoir, mais en vain : elle ensevelit le corps de Polynice au prix de sa vie.

L'« ANTIGONE » DE SOPHOCLE

Les personnages de la pièce grecque sont les suivants :

— *Antigone* ;
— *Ismène*, sa soeur ;
— *Créon*, son oncle, roi de Thèbes ;
— *Hémon*, son fiancé, fils de Créon ;
— *Le garde* ;
— *Le Chœur* ;
— *Tirésias*, grand prêtre ;
— *Le messager*.

Le délit d'Antigone

Dans la pièce de Sophocle, sur l'agora de Thèbes, devant le palais d'Œdipe ou règne maintenant Créon, les deux filles d'Œdipe, Antigone et Ismène, s'entretiennent au lever du jour. Elles commentent l'édit de Créon, et, dès le début, Antigone fait part à sa soeur de sa décision. Elle n'accepte pas que la sépulture soit refusée au corps de son frère Polynice et, bravant les ordres de son oncle, elle est résolue à l'enterrer selon les rites.

« Viendras-tu avec moi ? demanda-t-elle à sa soeur. — Je n'en ai pas la force, répond Ismène. — Sers-toi de ces prétextes, réplique violemment Antigone. À ta guise, j'irai seule. »

Après la sortie des deux soeurs, Créon entre et, s'adressant aux Thébains, il confirme son édit et proclame sa volonté d'être obéi.

C'est alors qu'arrive un homme du peuple, une des sentinelles de garde autour du corps de Polynice. Il hésite, il tergiverse, il bredouille. C'est manifestement un personnage comique. Il a peur de parler ; il commence par se disculper sans qu'on sache de quoi il s'agit, cependant que Créon s'impatiente. Enfin il avoue : le cadavre (vers 245)... quelqu'un l'a recouvert. Créon explose : Que dis-tu ? Le garde confirme, précise : on a répandu selon les rites une fine poussière sur le corps. Qui ? On ne sait. Personne ne voulait apprendre la chose à Créon, alors on a tiré au sort, voilà. Trouvez le coupable, ou sinon... Créon chasse le garde.

Il revient un instant plus tard (le temps qui s'écoule est rempli par les méditations du Chœur qui, en langage poétique, commente les événements). Cette fois, le garde tient Antigone. Voilà, c'est elle. Il l'a surprise en train d'ensevelir le corps de nouveau. Cette fois, on n'a pas tiré au sort, c'est à lui, à lui seul, qu'est réservée la trouvaille ! Et, complaisamment, il raconte la surveillance un peu à l'écart du cadavre à cause de l'odeur ; l'arrivée de la jeune fille qui, voyant le corps mis à nu, le recouvre de terre ; enfin, son arrestation.

Le jugement de Créon

Resté seul avec Antigone, Créon l'interroge. « Tu avoues ? — Oui. — Tu connaissais mon édit ? — Oui. — Et tu as eu l'audace d'enfreindre mes lois ? — Oui, car je ne connais que les lois divines, qui, pour n'être pas écrites, n'en sont pas moins immuables (vers 454-455). Peu m'importe la mort. » Et, inflexible — autant que son père Œdipe, souligne le Chœur — la jeune fille brave le tyran qui s'emporte et dénonce son double crime, d'abord son acte de désobéissance, ensuite la gloire et la fierté qu'elle en retire. Il est fou de rage à l'idée qu'Antigone veuille lui dicter la loi, qu'une femme prétende commander. Sans peur, Antigone revendique son acte, et désignant le Chœur, elle affirme que tout le monde lui donnerait raison, si la crainte n'enchaînait les langues. Elle condamne énergiquement la tyrannie : sa vocation à elle est « de partager l'amour et non la haine » (vers 523). « Qu'on aille me chercher sa complice », crie Créon.

Et voici Ismène entre deux gardes. À la question brutale de Créon, elle répond spontanément : oui, elle est également coupable. Mais Antigone intervient vivement : « Non, tu as choisi de vivre, et moi de mourir. Celle qui ne m'aime qu'en paroles n'est pas pour moi une amie » (vers 555). Les deux soeurs s'affrontent dans un dialogue héroïque jusqu'à ce que Créon, excédé, s'écrie : Ces deux filles sont folles, l'une depuis un instant, l'autre depuis qu'elle est née. Qu'on les emmène !

Entre Hémon, le fils de Créon, le fiancé d'Antigone. Il commence par affirmer son respect, sa soumission totale à l'autorité paternelle, et Créon de se féliciter d'avoir un si bon fils qui comprend que l'on ne doit pas céder à une femme. Peu à peu cependant, Hémon s'enhardit : il s'efforce de faire appel à la raison de son père, puis à sa compréhension, puis à son intérêt ; il sait, lui, ce qu'on répète en ville, que Créon est trop sévère, qu'Antigone a bien agi, qu'il ne faut pas voir un seul côté des choses. « Allons, père, ne t'obstine pas ! » Créon se fâche, il ne veut rien entendre, il est buté. Le ton monte : « Jamais tu n'épouseras cette fille ! — Si elle meurt, sa mort en entraînera une autre », répond Hémon. Le père furieux croit que son fils le menace. Il le renvoie, et annonce au Chœur, qui essaye vainement de l'inciter à la clémence, sa décision de faire enterrer Antigone vivante.

À ce moment, apparaît Antigone, enchaînée. Elle va « parcourir son dernier chemin », et dialoguant avec le Chœur, elle se lamente sur le destin de sa famille et sur le sien.

Elle ne peut retenir ses larmes à la pensée qu'elle ne reverra jamais plus le soleil. Créon, qui est entré, se moque grossièrement des pleurs de la jeune fille. « Allons ! qu'attendez-vous ? » dit-il à ses gardes. C'est alors que dans une prière célèbre, Antigone invoque le tombeau, la chambre nuptiale, l'éternelle prison de la demeure souterraine où elle doit descendre. Elle n'aura connu ni l'amour, ni le mariage, ni la joie d'avoir des enfants, mais elle aura témoigné contre l'injustice des hommes, et ceux qu'elle retrouvera sous terre reconnaîtront sa pitié.

L'arrivée du devin Tirésias

Mais la pièce n'est pas encore terminée, et l'action se trouve de nouveau suspendue par l'arrivée du vieux devin Tirésias, conduit par un enfant. Tirésias est aveugle, et selon les Anciens, la cécité procurait une sorte de don de double vue. « Le malheur est sur Thèbes, dit-il à Créon. La ville souffre par ta faute, il faut réparer le mal. » Créon réplique vivement et accuse Tirésias de s'être laissé corrompre, d'agir pour des motifs intéressés. Le devin lui prédit les pires catastrophes et la mort de son fils parce qu'il a violé les lois divines. Il n'avait pas le droit d'agir ainsi. Les déesses de la vengeance, les Érinyes, le guettent !

Resté seul, Créon est ébranlé. Il a peur. Va-t-il céder ? Va-t-il faire relâcher Antigone ? Oui. Trop tard ! La machine infernale (comme dira Cocteau de l'histoire d'Œdipe, mais le mécanisme est le même) a été montée, et la fatalité mise en marche par la démesure — l'*hybris* — des hommes va être évoquée par le messager.

C'est lui qui va annoncer au Coryphée (chef de Chœur) — et au spectateur — ce qui s'est passé. La prédiction de Tirésias s'est réalisée. Antigone s'est pendue dans son tombeau souterrain avec sa ceinture. Hémon qui s'est précipité ne prend dans ses bras qu'un cadavre. Son père arrive : fou de douleur, dans un accès de frénésie, Hémon lui crache au visage, essaye de le tuer, le manque, et se tue lui-même avec son épée. Créon prend alors dans ses bras le cadavre de son fils. Et on vient lui annoncer, peu après, que sa femme Eurydice s'est aussi donné la mort. Le Chœur fait alors l'éloge de la sagesse, et condamne l'orgueil des hommes.

4 Résumé

Écrite en 1942, la pièce fut représentée le 4 février 1944 au théâtre de l'Atelier à Paris, dans une mise en scène d'André Barsacq. L'époque, les derniers mois de l'Occupation — les plus tragiques —, pouvait sembler défavorable ; ce fut un très grand succès, et il ne s'est jamais démenti au cours des nombreuses reprises qui eurent lieu en France.

Antigone se présente comme formant un tout : il n'y a pas de division en actes, ni en scènes, mais simplement des entrées et des sorties de personnages.

L'EXPOSITION

Au début, le Prologue — héritier du Coryphée (chef de chœur) antique[1] — s'avance vers le public et lui présente tous les personnages. Ils sont tous en scène, isolés ou en groupe, se taisant, bavardant ou se livrant aux occupations auxquelles il est fait allusion. Le Prologue les désigne, et nous indique brièvement leur caractère et leur rôle. Il passe ainsi successivement en revue *Antigone*, la petite maigre qui pense qu'elle va mourir ; sa soeur, la belle, l'heureuse *Ismène*, qui parle avec *Hémon*, le fiancé d'Antigone ; le roi *Créon*, le père d'Hémon, qui, près de son *page*, médite sur la tâche difficile de conduire les hommes ; sa femme *Eurydice*, qui ne lui est d'aucun secours et ne fera que tricoter pendant toute la tragédie ; la *nourrice* d'Antigone ; le *messager* qui interviendra au dénouement ; enfin les *trois gardes*, auxiliaires du pouvoir, qui jouent aux cartes dans leur coin. En tout, onze personnages. Ils partent avec le Prologue, une fois que celui-ci a résumé la situation, comme on l'a vu plus haut à propos de la tragédie de Sophocle.

1. Plus loin, Anouilh l'appellera *le Chœur*.

ANTIGONE ET SA NOURRICE

La nourrice surprend Antigone, qui rentre de l'extérieur sur la pointe des pieds, ses souliers à la main. Elle a été, dit-elle, se promener dans la campagne. « À quatre heures du matin ! s'écrie la nourrice scandalisée. — Oui, répond Antigone doucement, j'avais un rendez-vous » (p. 16). Mais elle rassure vite et embrasse la vieille femme qui décidément ne peut la comprendre. Cette scène ne doit rien à Sophocle.

Entre Ismène, qui s'étonne qu'Antigone soit déjà levée. Elle était au courant depuis la veille de l'édit de Créon, et du projet de sa soeur. Elle ne sait pas encore qu'il a été accompli pendant la nuit, et traite Antigone de folle. L'opposition physique et morale se précise entre Ismène, qui a peur de la souffrance et de la mort, et Antigone butée et résolue.

La nourrice, qui était sortie, revient avec du café et des tartines. C'est une scène entièrement originale où l'on voit le besoin d'affection et de tendresse d'Antigone, « qui se sent encore un peu petite pour tout cela » (p. 33), mais elle est en même temps décidée. Par exemple, elle demande à sa nourrice, qui ne comprend pas, de faire tuer sa chienne, si elle n'était plus là un jour « pour lui parler ».

ANTIGONE ET HÉMON

Entre Hémon, le fiancé d'Antigone. C'est une scène très émouvante, inventée par Anouilh. La jeune fille veut d'abord s'assurer de l'amour d'Hémon. Elle aurait été heureuse d'être sa femme, et était prête à se donner à lui la veille au soir parce que... Mais avant de lui dire pourquoi, elle lui fait jurer de ne pas la questionner. Il le fait, et, frappé de stupeur, il entend : « parce que jamais, jamais, je ne pourrai t'épouser » (p. 44). À Ismène, revenue, qui essaye de la raisonner, Antigone apprend la vérité : elle est allée enterrer son frère pendant la nuit.

LE DÉLIT D'ANTIGONE

La scène qui suit doit beaucoup à Sophocle. C'est un large développement de l'entrevue entre Créon et le garde. Anouilh joue avec la situation et avec le personnage, faisant du garde, non un homme du peuple quelconque, mais un militaire de carrière, un gendarme plus exactement. Même comique que dans la tragédie grecque, mais beaucoup plus gros. Même médiocrité de l'homme, même lâcheté, même fuite devant les responsabilités, mêmes tergiversations. Enfin il avoue : quelqu'un a recouvert le corps de Polynice. D'abord furieux qu'on ait enfreint ses ordres, Créon ne songe vite qu'à une chose ; éviter le scandale. « Si personne ne sait, tu vivras », dit-il au garde terrorisé (p. 52).

ARRESTATION D'ANTIGONE

C'est le moment de la « crise ». Le ressort est bandé. Le Chœur en profite pour entrer, et, s'adressant au public, explique sa conception de la tragédie. Il n'est pas besoin de souligner à quel point ce monologue est tout entier de la veine d'Anouilh. Situé au coeur de la pièce, il est cependant étroitement rattaché à l'histoire d'Antigone ; c'est le moment où la jeune fille entre en scène, poussé par les gardes.

Ils nous apprennent qu'Antigone est revenue sur les lieux en plein jour. Comme ils lui avaient pris la petite pelle qu'elle avait utilisée la première fois, elle a gratté la terre avec ses ongles. Mais, cette fois, on l'a arrêtée et les gardes se félicitent et se promettent de fêter leur succès. C'est ici une scène burlesque, entrecoupée de gros rires, au cours de laquelle les gardes ne se soucient nullement de leur prisonnière dont ils ignorent l'identité.

ANTIGONE ET CRÉON

Entre Créon, stupéfait de voir sa nièce les menottes aux mains, et d'apprendre ce qu'elle a fait. Pour l'instant, il fait mettre au secret les trois hommes.

Et voici la scène capitale entre Créon et Antigone, scène presque entièrement originale où se découvrent le sens de la pièce et les intentions d'Anouilh. Bornons-nous à remarquer pour le moment qu'elle comprend 35 pages au lieu des 79 vers (446-525) que Sophocle avait consacrés à cette entrevue. On peut distinguer plusieurs phases nettes dans l'interrogatoire auquel se livre Créon. Il est assez calme et maître de lui au début.

1) Il espère étouffer l'affaire en faisant disparaître les trois gardes. C'est tout simple. Malheureusement, il bute sur un premier obstacle : Antigone lui annonce qu'elle recommencera.

2) Créon « accuse le coup », comme on dit en termes de boxe. Mais il s'efforce de garder son sang-froid. Ce qu'il faut, c'est changer de tactique et apprivoiser cette petite sauvage. D'abord, s'assurer qu'elle a conscience de son crime, et qu'elle avait connaissance de la sanction. Comme Antigone affirme que c'était son devoir (« Je le devais »), et se dit persuadée que son oncle allait la faire mourir, il va lui prouver le contraire.

3) C'est une petite orgueilleuse, c'est entendu — comme son père, murmure Créon entre ses dents —, mais c'est encore une enfant à qui il « a fait cadeau de sa première poupée, il n'y a pas si longtemps » (p. 70). On ne fait pas mourir des enfants, on les prive de dessert. Sans répondre, Antigone s'apprête à ressortir.

4) Comme elle s'obstine dans sa volonté d'enterrer son frère, Créon va user d'un autre argument : ces rites ne signifient rien, ces gestes sont absurdes ! Antigone le reconnaît elle-même. Créon a-t-il gagné ? Non. « Pourquoi fais-tu ce geste, alors ? (...) Pour qui ? Pour personne. Pour moi. » (p. 73). Le grand mot est lâché. Antigone a été obligée de convenir que son acte, privé de sens, était la manifestation de sa liberté.

5) Cependant, Créon ne se tient pas pour battu. Résolu à sauver sa nièce, il va lui donner une leçon de politique. Il va lui expliquer son édit. Il se donne même beaucoup de mal pour lui montrer comment on gouverne les hommes, comment, malgré sa répugnance, il a décidé pour l'exemple de laisser pourrir au soleil le corps de Polynice. Peine perdue : il n'en paraît que plus odieux à Antigone, qui, elle n'est pas obligée de dire « oui » à ce qu'elle n'aime pas. Elle ne veut pas comprendre.

6) De plus en plus exaspéré, Créon va maintenant abattre ses dernières cartes, et il lui raconte la vraie histoire d'Étéocle

et de Polynice. Polynice, auquel Antigone avait voué une tendresse particulière, était un vaurien qui avait levé le poing contre son père. Quant à Étéocle — qui est un héros et un saint pour Thèbes — il ne valait pas plus cher que son frère. Deux voyous, qui s'étaient entre-tués pour un règlement de comptes. Et Créon ajoute qu'il ne sait même pas — tant ils étaient méconnaissables — quel est celui des deux corps qui a eu droit à un tombeau de marbre. Cette fois, Antigone est ébranlée. Devant l'évidence de l'indignité du frère pour qui elle allait mourir, mise en présence de la comédie dont elle allait être la dupe, elle s'apprête comme une somnambule à regagner sa chambre.

7) Et Créon qui respire, et qui croit assurer sa victoire, lui fait le tableau de la vie qui l'attend, de son mariage, de son avenir avec Hémon, de ces longues années de vieillesse où l'on se repose sur un banc, devant sa maison. « La vie, ce n'est peut-être tout de même que le bonheur » (p. 92). Le maladroit ! Il suffit du mot « bonheur » pour rendre Antigone à elle-même. Que signifie-t-il, ce bonheur dérisoire, ce bonheur d'égoïste et de retraité que lui offre Créon ? Que signifie-t-elle, cette vie de mensonges et de compromissions, cette vie d'habitudes et d'usure où la politique s'appelle la cuisine et le mariage, la satiété ? À partir de ce moment, qui constitue le tournant de la scène, c'est Antigone qui prend l'initiative, et Créon qui essaye vainement de la faire taire. Soudain, comme piquée par un serpent, elle se révolte contre ce « sale bonheur », ce « sale espoir ». Ce n'est plus la petite fille têtue, mais froide, du début : c'est désormais une furie qui hurle, et va ameuter la ville. Ismène entre alors : elle veut partager le sort de sa soeur. « Trop tard ! » lui répond Antigone. « Tu as choisi la vie et moi la mort » (p. 98). Très habilement, Anouilh, en reprenant la belle formule de Sophocle, a placé cette scène, non au début, mais vers la fin de sa pièce. Insulté, provoqué, poussé à bout, Créon appelle ses gardes. « Enfin, Créon ! » s'écrie Antigone dans un grand cri soulagé. Aux reproches du Chœur, aux supplications d'Hémon qui est entré en criant, Créon répond qu'il n'y avait rien à faire et qu'Antigone voulait mourir. Désespéré, Hémon sort comme un fou.

MORT D'ANTIGONE

Antigone reste seule avec le garde. Cette scène, qui n'existe pas dans Sophocle, a été inventée par Anouilh pour souligner l'isolement d'Antigone à l'heure de sa mort. Indifférent à son sort, le garde parle de sa solde et de son avancement, et lui apprend qu'elle va être enterrée vivante. « Ô tombeau ! Ô lit nuptial ! Ô ma demeure souterraine ! » s'écrie Antigone (p. 111), dans les mêmes termes que sa soeur grecque, mais elle n'en dit pas plus. Tout ce qu'elle demande, c'est d'écrire une dernière lettre à Hémon. Elle commence à dicter au garde cette confession poignante de quelques lignes où elle avoue qu'elle ne sait plus pourquoi elle meurt, et demande pardon aux siens, mais la porte s'ouvre et les autres gardes viennent la chercher. Nous ne la verrons plus.

Comme dans la tragédie grecque, c'est le messager qui vient annoncer la mort d'Antigone, pendue dans sa tombe aux fils de sa ceinture, et celle d'Hémon qui, après avoir craché au visage de son père, s'est tué avec son épée. Il restait à Créon une nouvelle à apprendre : la mort de sa femme Eurydice qui s'est coupé la gorge quand elle a su la mort de son fils.

Créon reste seul avec son petit page. « Qu'est-ce que nous avons aujourd'hui à cinq heures ? lui demanda-t-il — Conseil, monsieur — Eh bien ! si nous avons Conseil, petit, nous allons y aller » (p. 122). Et tandis qu'il sort, appuyé sur son page, d'un pas plus lourd que d'habitude, le Chœur commente le « grand apaisement triste » qui tombe sur Thèbes. C'est maintenant à nous de nous poser les questions que soulève le duel d'Antigone et de Créon, à moins que nous ne préférions, comme les gardes, continuer à jouer aux cartes.

5 Comparaison des deux pièces

RESSEMBLANCES

La fable

Il y a entre la pièce de Sophocle et celle d'Anouilh des ressemblances évidentes. Nous ne nous y attarderons pas, soucieux surtout de montrer en quoi Anouilh a fait œuvre originale, mais il est utile de remarquer dès le début qu'il n'a en rien modifié les données que lui fournissait son prédécesseur. Les faits et « l '*intrigue*[1] » sont les mêmes : Antigone, qui a rendu à son frère les honneurs funèbres malgré l'ordre de son oncle Créon, paiera de sa mort sa désobéissance. Certaines scènes s'inspirent directement de leur modèle grec : la conversation entre les deux sœurs, le récit du garde, la venue finale du messager annonçant la mort d'Antigone, d'Hémon et d'Eurydice. Les circonstances mêmes du dénouement n'ont pas été altérées.

Quelques expressions

Quant au style, si, comme nous le verrons, il s'oppose délibérément à la noblesse de celui de Sophocle, il lui arrive parfois de traduire littéralement des expressions ou des tours de phrases particulièrement énergiques du Grec. « Sers-toi de ces prétextes » (p. 29) dit Antigone à sa sœur, comme dans la pièce de Sophocle (vers 90). Le garde, qui, comme

1. Nous adoptons entièrement sur ce point l'excellente distinction qu'établit M. Henry Gouhier dans son essai *Essence du théâtre* (Plon, 1943), entre l'intrigue et l'action d'une pièce, la première se situant au niveau des faits bruts, et ne présentant qu'une analyse superficielle, tandis que la seconde, rendant compte du comportement des personnages et de l'esprit — et non de la lettre — de l'oeuvre, en pénètre les intentions en profondeur.

son modèle, après avoir longtemps bafouillé, se décide enfin à avouer que quelqu'un a enfreint l'ordre de Créon, se jette à l'eau de la même façon (p. 49) : « Le cadavre (...) Quelqu'un l'avait recouvert » (vers 245). L'interrogatoire de la jeune fille par Créon commence presque exactement dans les mêmes termes (p. 66) : « Tu avais entendu proclamer l'édit (...) ? Tu savais le sort (...) ? » (vers 447). Et à Ismène qui la supplie, Antigone répond par la belle formule (p. 98) : « Tu as choisi la vie et moi la mort » (vers 555) que nous avons déjà signalée, ainsi que la prière finale à sa dernière demeure (p. 111) : « Ô tombeau ! ç lit nuptial ! ç ma demeure souterraine ! » (vers 891). C'est assez dire qu'Anouilh n'a pas entendu priver sa pièce de quelques-unes des plus heureuses formules qui depuis l'Antiquité avaient traversé les siècles.

Mais ce sont les différences qui l'emportent de beaucoup.

DIFFÉRENCES

Le style

La pièce est écrite en prose, et dès le début, on est frappé par la *familiarité* du ton. Rien, ou presque, ne doit nous écarter de notre temps. Écrivant une tragédie moderne, l'auteur explique les choses avec la plus grande simplicité et dans les termes de tous les jours : « Antigone, c'est la petite maigre qui est assise là-bas (...) L'orchestre attaquait une nouvelle danse, Ismène riait aux éclats (...) » Les « petits voyous » se retournent dans la rue quand passe Antigone... Créon confie à sa nièce qu'il ne pouvait tout de même pas « s'offrir le luxe d'une crapule dans les deux camps ». Ne parlons même pas du langage de la nourrice, de celui des gardes : il est normal qu'il soit vulgaire. Mais Antigone elle-même est loin d'évoquer les statues de l'Acropole.

Voulant rapprocher la pièce de nous, Anouilh use abondamment de l'*anachronisme*. On parlera donc de carte postale, de café, de tartines, de bar, de fusils, de film, de cigarettes, de pantalons longs, de voitures de course... C'est le procédé favori de Giraudoux : il est efficace, mais un peu facile, et, encore une fois, l'essentiel n'est pas là.

L'atmosphère

Nous sommes un peu plus dépaysés par l'atmosphère : décor et costumes. Ce n'est pas l'agora de Thèbes ou le palais de Créon. « Un décor neutre », dit Anouilh. Donc rien qui rappelle la Grèce. Rien non plus d'ailleurs qui puisse faire penser à un pays quelconque, ou une pièce précise dans une maison. Rien de réaliste surtout : un décor fonctionnel, pouvant faciliter les groupements ou les évolutions des personnages.

Ceux-ci, comment sont-ils habillés ? Il faut évidemment oublier la pièce grecque. Les *costumes* seront, non pas exactement modernes (la mode change vite), mais intemporels. Des vêtements de soirée pour le Chœur et Créon, celui-ci ayant une cape par-dessus son habit ; des imperméables ou mieux des cirés noirs pour les gardes ; Ismène en robe claire, Antigone en robe sombre très simple... en voilà suffisamment pour nous éloigner des cothurnes[1], des masques ou des Cariatides[2]. Anouilh n'avait même pas besoin de tant de précautions, et Giraudoux ne s'était pas servi de cet artifice quand il écrivait *Électre* ou *La Guerre de Troie n'aura pas lieu*, comptant que les spectateurs oublieraient vite ses Grecs et ses Troyens pour ne penser qu'à l'actualité.

Le rôle du sacré

La pièce de Sophocle baigne dans un contexte religieux. Antigone, en bravant le décret de Créon qui lui interdit d'ensevelir son frère, obéit aux lois divines qu'elle considère comme supérieures aux lois humaines : elle se doit en effet d'offrir au défunt les funérailles qui assureront à son âme le repos éternel de l'Hadès. Le geste d'Antigone est donc d'essence religieuse et il apparaît clairement qu'au-delà d'un conflit entre individus, les personnages de Sophocle vivent une tragédie qui les dépasse et qui confronte les hommes et les dieux, le ciel et la terre.

---

1. *Cothurnes* : chaussures de cuir à semelles très étroites que portaient les acteurs tragiques pour paraître d'une taille élevée.
2. *Cariatide* : statue de jeune fille faisant office de colonne.

Tout autre est l'atmosphère chez Anouilh : la tragédie n'offre plus aucune référence religieuse ; elle est désacralisée et perd toute transcendance. Créon, cynique et railleur, n'a aucun mal à faire admettre à Antigone que son geste est dénué de toute valeur religieuse, qualifiant le cérémonial public de « passeport dérisoire », de « bredouillage en série » sur la dépouille du défunt. « Geste absurde », dit-il (p. 71), et le mot « absurde » est repris par Antigone elle-même (p. 73). Et si Créon a décidé de refuser la sépulture à Polynice, ce n'est pas pour des raisons morales, mais pour des considérations politiques très opportunistes : il s'est trouvé qu'il a eu besoin de faire un héros de l'un des deux frères : « J'ai fait ramasser un des corps, le moins abîmé des deux, pour mes funérailles nationales, et j'ai donné l'ordre de laisser pourrir l'autre où il était. Je ne sais même pas lequel. Et je t'assure que cela m'est égal » (p. 89).

L'Antigone d'Anouilh n'est plus l'héroïne du devoir et de la piété filiale. Pour elle, il n'est plus question de défendre la part sacrée du monde. « Pourquoi fais-tu ce geste alors ! lui demande Créon. — Pour personne. Pour moi » (p. 73). Elle court à la mort, animée par le sentiment orgueilleux d'un devoir à remplir vis-à-vis d'elle-même. Et encore, au dernier moment, le doute s'insinue en elle, elle ne sait plus pourquoi elle meurt : « Je le comprend seulement maintenant combien c'était simple de vivre... (...)Je ne sais plus pourquoi je meurs » (p. 115). L'acte d'Antigone semble avoir perdu tout contenu positif.

Dans cette existence, la mort est finalement la seule issue, mais c'est une mort privée de sens. Antigone est morte, entraînant avec elle Hémon et Eurydice pour une cause à laquelle elle ne croyait plus, condamnée par un homme au nom d'une cause à laquelle il ne croit plus : « Tous ceux qui avaient à mourir sont morts. Ceux qui croyaient une chose, et puis ceux qui croyaient le contraire — même ceux qui ne croyaient rien et qui se sont trouvés pris dans l'histoire sans y rien comprendre. Morts pareils, tous, bien raides, bien inutiles, bien pourris » (p. 123). Aucun sursaut de remords ou de culpabilité chez Créon, aucune manifestation d'une réalité divine. Le Créon de Sophocle reconnaissait sa faute, ébranlé par les menaces du devin Tirésias ; le Créon d'Anouilh retourne tranquillement à ses activités quotidiennes. Il a le sentiment d'avoir vieilli et il attend la mort, lui aussi. Tout se solde par un immense vide intérieur qu'il comble par l'action : il va au conseil, tandis que les gardes continuent à jouer aux cartes.

L'œuvre d'Anouilh est amère. Coupée de tout arrière-plan moral ou religieux, elle débouche sur une tragédie de l'absurde et remet en question les valeurs de l'idéal et de l'héroïsme qui sous-tendaient la tragédie grecque.

6 Les personnages

Anouilh a conservé la plupart des personnages de Sophocle, mais il en a modifié profondément les traits. Une première remarque s'impose : Anouilh a supprimé le personnage de Tirésias, le vieux prêtre aveugle conduit par un enfant[1]. Il a bien fait. Les avertissements et les menaces du devin n'avaient de sens que pour ramener à la raison un Créon opiniâtre et buté, et pour faire entendre la voix des dieux qui s'associaient par sa bouche à la piété d'Antigone. Que viendrait-il faire dans la pièce d'Anouilh ? Adresser des reproches à un Créon qui s'évertue à sauver sa nièce ? Représenter la religion dans un drame qui la nie ? Si ses propos ébranlent tardivement le roi dans la pièce de Sophocle, c'est parce que l'auteur grec veut nous tenir en haleine jusqu'au bout, tout en nous montrant l'engrenage fatal de l'orgueil humain. Ce n'était pas non plus le propos d'Anouilh.

Il a, en revanche, créé un personnage nouveau, la nourrice, et deux gardes supplémentaires.

LA NOURRICE

La nourrice, personnage traditionnel de la tragédie grecque, a paru ici indispensable à Anouilh pour deux raisons. Elle représente d'abord l'univers de l'enfance. Voulant nous montrer une Antigone très petite fille, ayant encore besoin de protection et de chaleur en face d'un monde hostile et froid, il était normal qu'il mît auprès d'elle, en l'absence de sa mère Jocaste que nous ne verrons pas, celle qui l'a élevée, celle qui tourne toujours autour d'elle « avec des lainages ou des

1. Peut-être cet enfant est-il devenu — chose curieuse — le petit page qui accompagne Créon.

laits de poule », celle qui la rassure la nuit quand elle a peur et qu'elle a des cauchemars, celle enfin qui est la seule à l'aimer vraiment — *mais sans la comprendre*. Voici en effet la deuxième raison de sa présence. Elle va souligner par contraste la solitude d'Antigone. Il faut que la jeune fille — la petite fille — soit seule avec son grand dessein, que personne — même ceux qui lui sont les plus chers ne puisse lui venir en aide, que tout soit encore plus difficile parce que le dialogue qui s'établit entre Antigone et sa nourrice est en fait un dialogue de sourds.

LES GARDES

La même volonté d'opposer le drame d'Antigone à l'incompréhension générale explique qu'Anouilh ait ajouté deux gardes à celui, déjà très savoureux, qu'avait créé Sophocle. Il faut que leur conversation sordide et grossière — en présence d'Antigone qu'ils viennent d'arrêter — fasse un contraste saisissant avec le pathétique de la situation et souligne l'isolement de la jeune fille. Tout fiers d'avoir trouvé la coupable, ils évoquent sans vergogne les réjouissances et les orgies auxquelles ils vont se livrer, en attendant, plus tard, quand on viendra annoncer la mort d'Antigone, de manifester leur indifférence en jouant aux cartes. « Eux tout ça, cela leur est égal ; c'est pas leurs oignons » (p. 123).

Quant au garde avec qui Antigone passe ses derniers instants, il a aussi le même rôle que la nourrice et ses congénères : représenter la race de ceux qui ne se posent pas de questions. Ils ne sont pas plus méchants que d'autres ; ils sont seulement incapables de s'élever, et leur pensée, s'ils en ont une, rampe à ras du sol. Voilà pourquoi Anouilh a tenu — on serait tenté de dire cruellement — à donner ce dernier témoin à Antigone : il la comprend encore moins que les autres.

ISMÈNE

Ismène a gardé à peu près les traits qu'elle avait chez Sophocle : peu courageuse, elle est incapable d'accomplir l'acte héroïque qu'exige sa soeur. Elle cède à la force du roi et se soumet à la loi tant est grande sa peur de souffrir et de mourir : « Et souffrir ? Il faudra souffrir, sentir que la douleur monte, qu'elle est arrivée au point ou l'on ne peut plus la supporter » (p. 27). Anouilh en a fait une belle jeune fille, « rose et dorée comme un fruit », féminine et coquette. Elle se parfume, se maquille et aime le bal. Elle aime tendrement sa jeune soeur Antigone qu'elle tente vainement de raisonner : « Essaie de comprendre au moins ! » (p. 25) « Ma petite soeur... » (p. 28). Elle n'est pas courageuse ; pourtant la crainte de perdre Antigone suscite chez elle un revirement à la fin de la pièce : Ismène souhaite accompagner sa soeur dans la mort : « Antigone, pardon ! Antigone, tu vois, je viens, j'ai du courage. J'irai maintenant avec toi ! » (p. 97). L'héroïsme est en quelque sorte communicatif même si celui d'Ismène n'est pas à la mesure de celui d'Antigone.

HÉMON

Sophocle avait fait d'Hémon un jeune homme noble et vigoureux qui avait le courage d'affronter son père pour défendre sa fiancée condamnée à mort. Lorsqu'il découvre Antigone pendue dans le tombeau, il crache au visage de Créon, tire l'épée pour le frapper et se donne lui-même la mort.

Chez Anouilh, le personnage se comporte devant son père comme un enfant et recourt à lui comme à celui qui peut tout. Mais lorsque Créon lui explique qu'il n'y a rien à faire (« Je suis obligé de la faire mourir. (...) Je suis le maître avant la loi. Plus après », pp. 101-102) et lui prêche le courage (« Du courage. (...) Il faudra bien que tu acceptes, Hémon », pp. 102-103), Hémon voit s'effondrer, avec le désespoir d'un enfant déçu, tout le prestige dont il avait paré son père : « Ce dieu géant qui m'enlevait dans ses bras et me sauvait des monstres et des ombres, c'était toi ? » (p. 103). Hémon recule alors devant la réalité et Créon considère qu'il refuse en quelque sorte de devenir un homme : « C'est cela devenir un homme, voir le visage de son père en face, un jour » (p. 105). Son dernier cri est un appel au secours à l'adresse d'Antigone.

Un physique ingrat

Autant l'Antigone grecque était remarquable par sa maturité, sa tenue, sa dignité, et nous impressionnait par sa beauté un peu sévère, autant l'Antigone moderne s'éloigne de cet idéal. D'abord, par son type physique. Elle est petite, maigre, noiraude, mal peignée. Sans être laide, elle n'est pas « belle comme nous », avoue Ismène. En tout cas, elle n'est pas coquette (c'est sa nourrice qui le remarque) : elle ne se met pas de rouge, et ne s'occupe pas de sa toilette. Elle aurait voulu être un garçon (« Ai-je assez pleuré d'être une fille ! », p. 29), et ressemble comme une soeur aux héroïnes antérieures d'Anouilh, les Thérèse, les Eurydice. Au fond, elle ne se sent pas tout à fait « une vraie femme », et elle en souffre peut-être. Dans sa scène avec Hémon, elle tient à s'assurer qu'il l'aime vraiment : n'aurait-il pas dû épouser Ismène, ne s'est-il pas trompé de jeune fille ? Est-ce qu'il aime Antigone « comme une femme » ? (p. 41). Cela revient comme un leitmotiv et pourrait bien trahir une sorte de complexe. Inutile de souligner à quel point rien de semblable n'apparaît dans l'héroïne grecque.

Une amoureuse de la vie

Le caractère de notre Antigone va se préciser au cours de la pièce. Le Prologue nous a prévenus dès le début : « Elle pense qu'elle va être Antigone tout à l'heure, qu'elle va surgir soudain de la maigre jeune fille, noiraude et renfermée que personne ne prenait au sérieux dans la famille » (p. 9). Et plus loin : « Alors, voilà, cela commence. La petite Antigone est prise. La petite Antigone va pouvoir être elle-même pour la première fois » (p. 55). Pour Anouilh comme pour Giraudoux, il y a un moment dans la vie des êtres où ils ne peuvent plus se dérober devant les exigences de leur nature profonde, et où ils vont enfin révéler leur identité. C'est ce que Giraudoux dans *Électre* appelait « se déclarer[1] ». En attendant que l'heure

1. LE MENDIANT : Quand se déclare-t-elle ?
LE PRÉSIDENT : Comment ?
LE MENDIANT : Quel jour, à quelle heure se déclare-t-elle ? Quel jour devient-t-elle louve ? Quel jour devient-t-elle Électre ?
(Giraudoux, *Électre*, I, 3).

de la vérité sonne pour Antigone, comment se présente-t-elle à nous ?

Antigone est animée d'un amour passionné de la vie, de la vie sous toutes ses formes. Paradoxe ? Nullement. Regardez comme elle s'attache à toutes les sensations qui peuvent lui donner du plaisir, toucher à l'eau, « la belle eau fuyante et froide », boire « quand on en a envie », se lever « la première le matin, rien que pour sentir l'air froid sur sa peau nue » et courir dans le vent ! Comme elle répond à Ismène qui lui dit : « Tu n'as donc pas envie de vivre, toi ? » (p. 28) ! Et c'est sincèrement qu'elle lui déclare de sa petite voix douce : « Moi aussi, j'aurais bien voulu ne pas mourir » (p. 24). Une courte scène avec Hémon (pp. 37-44) suffit pour nous convaincre aussi de sa sensualité et nous faire comprendre qu'elle n'en triomphe pas aisément. Qu'aurait-elle voulu, la petite Antigone ? Vivre en accord avec la natureet conserver intactes les joies et les illusions de l'enfance.

Une rebelle

Est-ce dire qu'elle était une enfant facile, une petite fille modèle ? Non. Originale, « renfermée », « un peu folle », avec des sautes d'humeur imprévisibles, des bouffées de tendresse suivies de silences butés ou de bizarres caprices. Peut-être était-elle jalouse d'Ismène ? Elle la barbouillait de terre, elle lui mettait des vers dans le cou... « Une fois, je t'ai attachée à un arbre, et je t'ai coupé tes cheveux, tes beaux cheveux... » (p. 22). Imagine-t-on l'Antigone antique se livrant à des jeux pareils ? C'est que la nôtre — et c'est vrai qu'avec ses défauts mêmes elle est plus près de nous — a mauvais caractère. La nourrice, Ismène, Créon, tous le savent bien. La première déplore son entêtement, son « sale caractère ». Sa soeur décrit l'expression qu'elle prend à certains moments : « Allez ! allez !... Tes sourcils joints, ton regard droit devant toi et te voilà lancée sans écouter personne » (p. 25). Quant à Créon, il a vite décelé chez sa nièce l'orgueil de la « fille d'Œdipe » — cet orgueil qui était celui de la Sauvage, d'Eurydice, et qui sera celui de Médée, de Jeannette, de l'Alouette elle-même. La vérité est qu'Antigone est une rebelle : *elle est celle qui dit non*. Elle ne veut pas « réfléchir », et surtout ne veut pas « comprendre ». Une des plus belles tirades de la pièce est celle où elle clame son refus de s'incliner : « Je comprendrai quand je serai vieille. (Elle achève doucement.) Si je deviens vieille. Pas maintenant » (p. 26). Elle n'admet ni les conseils ni les remontrances, et se déclare « seul juge ». Elle ne veut dépendre de rien ni de personne, et trouve ses lois en elle-même. Elle croira affirmer sa liberté par ses actes — comme Oreste dans *Les Mouches* de Sartre —, mais son action va lui échapper — et c'est ici au Hugo des *Mains sales* que l'on est tenté de penser[1].

Un idéal d'absolu

Pour bien comprendre le personnage d'Antigone et le sens même de la pièce, il est en effet indispensable de voir *évoluer* la jeune fille d'Anouilh à partir de la grande scène qui l'oppose à Créon. Que répond-elle en effet d'abord au roi qui lui demande pourquoi elle a enterré son frère ? « Je le devais. » Et elle insiste : « Ceux qu'on n'enterre pas errent, éternellement sans jamais trouver le repos. » Qu'est-ce à dire, sinon qu'au début tout au moins elle se réfère comme sa soeur grecque à un rituel familial et religieux, et qu'elle considérait de son *devoir* de le célébrer, dût-elle le payer de sa mort ? Ce rituel, c'est Créon qui le lui fait abandonner : il lui montre la dérision du cérémonial funèbre, et des formules des prêtres, et Antigone reconnaît que « c'est absurde ». Elle ne renonce pas pour autant à son projet, mais déjà *il a changé de sens* et presque de *signe* comme on dirait en mathématiques. Ce n'est plus pour rendre hommage au mort, ce n'est plus pour son frère qu'elle agit, mais pour elle-même. C'est devenu presque un acte gratuit, sans autre signification que d'exprimer l'autonomie du sujet et sa libre décision. Créon va alors lui révéler la vérité sur ses deux frères, et Antigone va avoir une brève défaillance. Cette défaillance pourrait paraître inexplicable, si on oubliait qu'Antigone est encore très fragile.

---

1. Dans *Les Mouches*, Oreste, qui rêve d'un acte qui lui prouvera sa liberté, tue sa mère Clytemnestre, meurtrière de son mari, et du même coup affirme le règne de l'Homme contre Jupiter. Dans *Les Mains sales* de Sartre, le jeune Hugo sera chargé d'assassiner un chef politique. Il le fera finalement par jalousie et non pour répondre à un idéal, il sera d'ailleurs désavoué par les siens, sa victime étant devenue un héros dans l'intervalle. Il sera donc doublement frustré.

ANTIGONE : Pourquoi m 'avez-vous raconté cela ?
CRÉON : Valait-il mieux te laisser mourir dans cette pauvre histoire ?
ANTIGONE : Peut-être. Moi, je croyais.

(p. 90)

En fait, elle ne « croyait » pas : elle vient de le dire. Seulement elle a été très affectée par ce que Créon lui a dévoilé ! Ce n'est que lorsque celui-ci, poursuivant maladroitement son avantage, lui aura décrit le bonheur qui l'attend, qu'il perdra définitivement la partie, et qu'elle retrouvera sa révolte, avec les vraies raisons de son refus : celui-ci ne s'appuie plus sur une tradition, et n'a pour support ni le respect du sacré, ni le culte de la famille ou des morts. Elle décide de dire non au bonheur, de dire non à la vie, à une vie de compromissions et de lâchetés où se dégraderait son idéal d'absolu. C'est la hantise de perdre sa pureté et son enfance éternelle qui provoque chez elle le sursaut final et l'amène à *choisir* la mort. Il est bouleversant de voir cette jeune fille craindre non pas tant la vieillesse elle-même que l'usure qui en résulte : quand Créon lui parle de son fiancé, elle a cette réponse qui est une protestation pathétique contre une des lois de l'existence : l'habitude : « Si Hémon ne doit plus pâlir quand je pâlis, s'il ne doit plus me croire morte quand je suis en retard de cinq minutes, s'il ne doit plus se sentir seul au monde et me détester quand je ris sans qu'il sache pourquoi, s'il doit devenir près de moi le monsieur Hémon, s'il doit apprendre à dire « oui », lui aussi, alors je n'aime plus Hémon ! » (p. 93). Pauvre Antigone avec ses exigences et ses rêves d'amour éternel !

Au moins confirme-t-elle dans ses derniers instants le choix délibéré qu'elle a fait du suicide ? La voici seule avec le garde, attendant qu'on l'emmène sur le lieu du supplice. Sent-elle obscurément qu'elle a commis une faute, et implore-t-elle le pardon des vivants ? En tout cas, elle éprouve le besoin d'écrire à son fiancé, et cette lettre, qu'il ne recevra jamais, modifie singulièrement l'éclairage qu'elle avait donné à son action. Elle commence par avouer qu'elle a « *voulu mourir* » : nous le savions. Mais ce qui est doublement étrange, c'est qu'elle dise ensuite : « Et Créon avait raison, c'est terrible, maintenant, à côté de cet homme, je ne sais plus pourquoi je meurs » (p. 115). Créon avait raison ! On pense au Caligula de Camus, qui, presque exactement à la même époque, reconnaissait à l'heure de sa mort que « sa liberté n'était pas la bonne, et qu'il n'avait pas pris la voie qu'il fallait ». Non seulement Antigone fait amende honorable, mais les raisons mêmes de son acte se sont dissoutes. Elle nous avait dit jusqu'alors qu'elle mourait pour protester contre les conditions dégradantes de la vie, et la voici maintenant qui, évoquant dans sa lettre à Hémon le « petit garçon » qu'ils auraient eu, ajoute de sa petite voix brisée : « Je le comprends seulement maintenant combien c'était simple de vivre... » (p. 115). Pourquoi meurt-elle donc, en fin de compte ? *Pour rien*. Aucune des raisons avancées successivement par Antigone ne tient véritablement : ni la revendication d'une tradition religieuse ou familiale, ni l'affirmation gratuite d'une autonomie, ni le refus d'une vie sordide et mensongère. L'Antigone moderne illustre l'écroulement de toutes les certitudes dans un monde privé de signification. Croire en elle-même eût été croire en quelque chose : on peut se suicider pour donner un sens à sa vie. La mort d'Antigone est dénuée de sens : nous sommes dans le domaine de l'absurde. Antigone est morte pour rien.

Pour rien ? Pas tout à fait. Bien qu'elle soit profondément différente de l'Antigone grecque dont le cri d'amour, d'espérance et de foi retentit à travers les siècles, bien que seule l'héroïne de Sophocle affirme pour toujours les droits et les devoirs de la conscience morale contre l'oppression, on peut penser que le message de la petite révoltée d'Anouilh n'est pas entièrement négatif. Quels sont en effet les derniers mots de sa lettre à Hémon : « Sans la petite Antigone, vous auriez tous été bien tranquilles » (p. 116). Et il faut croire que ces mots ont une grande importance, puisque le Chœur les répète exactement à la fin. Qu'est-ce à dire sinon qu'Antigone amène les hommes à se poser des questions, sur l'homme, sa dignité, sa conscience, le sens de la vie et des actes, la valeur d'un « oui » ou d'un « non ». On peut faire comme Ismène : s'attifer devant la glace et changer de robe tous les jours comme la nourrice : préparer pour les autres du café au lait chaud et des tartines. Mais les problèmes qu'affronte Antigone sont tout de même d'une autre nature, et même si elle n'arrive pas à leur donner de solution, ils sont la preuve d'une inquiétude et d'une insatisfaction essentielles

CRÉON

Le Chœur nous présente Créon comme un homme robuste aux cheveux blancs. Il ajoute qu'il a des rides et qu'il semble fatigué. Son physique, un peu alourdi par l'âge et les préoccupations, doit garder cependant quelques traces de la finesse d'« autrefois ». Car de même qu'Anouilh avait décrit la petite Antigone et son appétit de vivre avant qu'elle ne se pose, un jour, une question de trop, de même il nous apprend qu'avant de devenir roi de Thèbes, Créon était, sinon un artiste, du moins un amateur éclairé, capable d'apprécier la musique et les belles reliures, — une sorte de dilettante à la manière de Thomas Becket avant que le roi Henri II d'Angleterre ne le charge de « l'honneur de Dieu[1] ». Mais à la mort d'Œdipe et de ses fils, Créon a dû assumer le *métier* de roi. Anouilh insiste à plusieurs reprises sur ce terme, et il va même comparer plusieurs fois Créon à un « ouvrier » qui « retrousse ses manches » (p. 83). C'est là une des clés du personnage (et encore une de ses ressemblances avec Becket) : une sorte d'honnêteté. Parlant de son métier, il dira : « Puisque je suis là pour le faire, je vais le faire », et de la « sale besogne » à laquelle il est condamné : « Si on ne la fait pas, qui le fera ? » (p. 121). Quelquefois, il est découragé, il se demande s'il n'est pas vain de conduire les hommes, d'autant plus qu'il est seul. Personne pour l'aider. Sa femme Eurydice passe son temps à tricoter. Le petit page est trop petit. Créon ne peut compter que sur lui. Mais il prendra ses responsabilités de chef.

Et voici qu'un problème précis, un problème grave se pose : sa propre nièce a enfreint ses ordres. Chez Sophocle, c'est tout simple : Créon est un tyran jaloux de son autorité, et dont la fureur ne connaît plus de bornes quand il voit qu'une femme veut faire la loi à sa place. Chez Anouilh, non seulement Créon est loin d'être une brute, mais il a une sincère affection pour sa nièce. Il l'aime bien, malgré son sale caractère. Alors, il essaye de la sauver, exactement comme dans *L'Alouette*[2] l'évêque Cauchon fera tous ses efforts pour sau-

---

1. Cf. Anouilh, *Becket ou l'Honneur de Dieu* (Pièces costumées, La Table Ronde, 1960).
2. Cf. Anouilh, *L'Alouette* (La Table Ronde, 1953).

ver Jeanne d'Arc. Il est significatif que les deux adversaires traditionnels de nos deux héroïnes (« mes deux saintes », disait Cocteau en parlant d'Antigone et de Jeanne) s'acharnent ici à leur éviter la mort, mais ils ne feront en définitive que confirmer leur volonté de suicide.

Créon aime bien sa nièce, mais il ne la connaît pas. Il croit d'abord triompher en proposant d'étouffer l'affaire. Ne sait-il pas qu'elle recherche le scandale, au contraire ? Puis il lui révèle la dérision du cérémonial funèbre : elle ne l'a pas attendu pour en mesurer l'absurdité. Il veut ensuite lui donner une leçon de haute politique : il faut bien qu'il y ait des gens qui disent oui et mènent la barque. Si tout le monde disait non, où serait-on ? Et il lui apprend comment on donne des ordres, et comment on veille à leur exécution, comment il faut « gueuler » et « tirer dans le tas », comment il faut, pour l'exemple, accomplir des tâches qui vous répugnent, comment — dira Sartre un peu plus tard[1] — il faut « se salir les mains ». Et si Antigone veut rester pure, si le « oui » de la politique — ce qu'elle appelle la cuisine — lui fait horreur, si son oncle lui paraît de plus en plus odieux à mesure qu'il prône la morale de l'ordre et de l'efficacité ! Il aurait cependant pu gagner la partie, s'il n'avait commis une dernière faute impardonnable : celle de décrire à Antigone son idéal. Et ici ce sont bien deux générations qui se heurtent, car à l'exigence absolu de la jeune fille fait écho la triste profession de foi d'un vieillard qui ne songe plus qu'à chauffer ses os au soleil, et à grignoter sur un banc, comme une biscotte, la maigre part de vie qui lui reste. Aux interrogations passionnées d'Antigone sur le sens de l'existence ne répondent plus que des consolations accompagnées de compensations d'ordre presque uniquement matériel. Créon s'est effondré.

Il se relèvera vers la fin, quand tout sera consommé et qu'il faudra tout de même accomplir le travail quotidien, car il est courageux, mais il reste sans illusions, sur le monde, sur les autres, sur lui-même. Profondément sceptique, Créon ne croit à rien. Pourquoi fait-il son métier alors ? Nous l'avons vu, c'est « parce qu'il faut le faire ». Le Becket d'Anouilh ne répondra pas autre chose au roi qui lui demande ce qu'il

---

1. Cf. Sartre, *Les Mains sales*, (Gallimard N.R.F., 1948)

veut : « Il faut seulement faire, *absurdement*[1], ce dont on a été chargé — jusqu'au bout. »

Ce qu'il y a en définitive de désespérant dans la pièce d'Anouilh, et particulièrement dans la scène qui oppose Antigone à Créon, c'est cette primauté de l'absurde, cette conviction, exprimée explicitement par les deux personnages, que tout est privé de signification, que leurs gestes et leurs mots ressemblent aux mouvements d'une machine qui tournerait à vide. Nous voilà loin du message positif et rayonnant de Sophocle.

---

1. C'est nous qui soulignons.

7 Conception de la tragédie

Et pourtant l'idée que se fait Anouilh de la tragédie n'est pas différente en apparence de celle du poète grec, et il a tenu à l'exposer dans sa pièce même.

RÔLE DU PROLOGUE ET DU CHŒUR

À trois reprises, le personnage qu'il appelle au début le Prologue puis le Chœur intervient dans *Antigone*, un peu comme l'avaient fait « l'Annoncier » dans le *Soulier de Satin* de Claudel et le jardinier dans *Électre* de Giraudoux. Le Prologue, comme l'Annoncier, explique la pièce et présente les personnages ; le Chœur, comme le jardinier, expose au nom de l'auteur sa conception de la tragédie, et vient tirer enfin la morale de l'histoire.

Dès le début, nous avons été prévenus : cette histoire, célèbre depuis quelque trois mille ans, l'auteur ne va pas se donner le ridicule de la découvrir. S'insérant dans un mythe antique, il ne prétend pas davantage en modifier le déroulement. Tout ce qu'il demande, c'est que les acteurs jouent le jeu : « Voilà. Ces personnages vont vous jouer l'histoire d'Antigone. » Et que chacun joue son rôle jusqu'au bout. Car « les jeux sont faits[1] » (p. 9) et il n'y a rien à faire. On dirait presque que le Prologue éprouve un cruel plaisir à tout nous annoncer à l'avance, la mort d'Antigone, la mort d'Hémon, et à ne pas laisser la moindre chance à l'espoir. Tant pis pour nous ! Il faudra chercher ailleurs que dans la surprise l'intérêt du spectacle.

C'est au milieu de la pièce, au moment où les gardes viennent d'arrêter Antigone — c'est le moment de la « crise »—, que le

1. C'est le titre d'un scénario de Sartre.

Chœur, porte-parole de l'auteur, vient nous dire dans un style familier, et quelquefois en jouant sur les mots, ce qu'il pense de la tragédie.

LE MÉCANISME TRAGIQUE

« C'est propre, la tragédie. C'est reposant, c'est sûr... » (p. 54). Propre ? Sans doute à la façon des « retombées » des explosions atomiques ! Reposant et sûr ? Oui, comme la mort inéluctable. Dans son langage où abondent les adjectifs à double sens (« C'est cela qui est *commode*. Dans la tragédie... On est *tranquille* »), le Chœur veut nous expliquer la simplicité et la nécessité du mécanisme tragique. À l'aide d'images toutes empruntées au domaine de la machine (« Le ressort est bandé. Cela n'a plus qu'à se dérouler tout seul (...) Cela démarre (...) Cela roule (...) C'est minutieux, bien huilé ») (p. 53), il nous laisse entendre qu'un rien suffit à son déclenchement. Tous les rouages sont prêts à fonctionner, et rien ne peut les enrayer.

La « machine infernale » éclatera à l'heure dite. Tout a été décidé d'avance, et le dénouement est irrémédiable. C'est bien là en effet le vrai caractère de la tragédie. Elle est propre, elle est pure, parce qu'elle est fatale.

Au contraire, le « drame » est impur, et Anouilh apporte ici une contribution intéressante à la comparaison des deux genres. Bien entendu, elle est tout à l'avantage de la tragédie. En effet, le drame est impur, parce qu'il est le lieu de la contingence, c'est-à-dire du hasard. Un événement est contingent quand il aurait pu ne pas arriver. Dans le drame, il y a des « accidents » (« Dans le drame (...) cela devient épouvantable de mourir, comme un accident »). Dans la tragédie tout est nécessaire, tout y est réglé par une logique implacable. Dans le drame, au contraire, il y a des retournements imprévus de situation qui peuvent altérer, suspendre ou arrêter la marche du mécanisme, bref des coups de théâtre. Et puis on se trouve en présence de personnages simples, voire simplistes, et fortement contrastés. Il y a les bons et les méchants, les vengeurs et les traîtres. Sans doute, Anouilh pense-t-il surtout à cette forme dérivée du drame, qui s'appelle le mélodrame, où les défauts du genre sont poussés quelquefois jusqu'au ridicule, mais pourquoi ne pas songer aussi au drame romantique lui-même, aux pièces de Victor Hugo ou d'Alexandre Dumas ? Dans la tragédie, il n'y a pas de recours, pas de gendarmes, pas de *deus ex machina*, pas d'*espoir*, cet espoir qu'Anouilh comme Antigone traque impitoyablement. C'est pourquoi on est « tranquille ». La trappe ne peut pas se refermer. On est sûr... que la pièce finira mal.

Les personnages n'ont plus qu'à découvrir leur vérité, et à l'affirmer par des paroles et des actes qui les entraînent infailliblement à leur perte. Du même coup, ils se définissent et se « déclarent » dans une sorte d'ivresse. Le jeu tragique est « gratuit », dit Anouilh, c'est-à-dire désintéressé : il va audelà de l'instinct de conservation. De là, l'espèce de délivrance qu'éprouve Antigone quand elle est sûre qu'elle va mourir. Comme le Chœur, elle dénonce le « sale espoir » ; comme lui, quand Créon exaspéré appelle ses gardes pour l'entraîner sur le lieu du supplice, elle s'écrie : « Enfin ! »

Voilà pourquoi le Chœur, lors du dénouement, soulignera non la violence de l'histoire ou son horreur, mais le repos qui sera le lot de tous les personnages ; « Tous ceux qui avaient à mourir sont morts. » Et Créon, dont le tour n'est pas encore venu, n'aura pas un cri de révolte ou de désespoir. « Un grand apaisement triste tombe sur Thèbes » (p. 123), et les vagues de l'oubli vont peu à peu tout recouvrir. N'est-ce pas la « tristesse majestueuse » dont Racine faisait un des caractères essentiels de la tragédie ?

UN TRAGIQUE MODERNE

Sur bien des points, Anouilh semble donc reprendre des idées antiques et classiques. Qu'on prenne garde cependant que la fatalité tragique — l'*ananké* des Grecs, le *fatum* des Latins — a été soigneusement dépouillée dans sa pièce de toute transcendance[1]. Les actes ne sont plus rattachés à une

1. Rappelons qu'une transcendance suppose l'intervention d'un principe extérieur et supérieur qui domine et contraint les hommes : les dieux dans *Œdipe roi*, la religion des morts dans *Antigone* de Sophocle, Vénus dans *Phèdre* de Racine, Rome dans *Horace* de Corneille, Dieu dans l'*Otage* de Claudel. On pourrait multiplier les exemples.

cause, à un idéal. Antigone ne se réfère plus à des interdits d'ordre religieux. Elle ne représente plus qu'elle-même. Créon également. Le Chœur l'avoue : pourquoi les personnages agissent-ils ? Pourquoi parlent-ils ? *Pour rien*. On ne peut certes imaginer vision plus pessimiste que celle de ces personnages raidis dans un individualisme forcené, et murés dans l'orgueil de leur inefficacité. Chez Corneille, les héros, en s'affirmant, affirmaient leurs *valeurs* (la patrie, le devoir, la liberté, par exemple). Ici, il ne reste aucune valeur, aucun espoir, aucun amour, aucune foi. Et c'est le *principe* même de la tragédie qui est mis en cause.

La conception d'Anouilh est en réalité un peu boiteuse. Il semble à la fois soucieux de se rattacher à une tradition en insistant sur le caractère inéluctable de la fatalité (quand il dit par exemple que le mécanisme tragique a été monté « depuis toujours »), et désireux de nous présenter une tragédie *contemporaine*, vécue par des hommes de notre temps qui se réfèrent à des thèmes bien différents des thèmes antiques.

8 Les thèmes

LA SOLITUDE

Les héros d'*Antigone* sont voués à la solitude.

• **Antigone**

Antigone est irrémédiablement seule. Seule pour agir, seule pour mourir. Dès les premiers mots de la pièce, le Prologue annonce qu'elle va « se dresser seule en face du monde ». Elle espérait que sa soeur Ismène l'aiderait à ensevelir en cachette son frère, mais celle-ci se rétracte : elle a réfléchi toute la nuit, elle ne se rebellera pas contre l'ordre de Créon : « Nous ne pouvons pas. (...) il nous ferait mourir. » Malgré ses supplications, Antigone ne renonce pas à son projet. Elle persiste farouchement dans sa résolution, se heurtant à l'incompréhension et à l'hostilité générales.

Le dialogue souligne l'impossible communication avec les êtres qui l'entourent. Sa nourrice qui l'aime avec tendresse est bien loin de saisir le grand dessein qui l'habite. La pauvre vieille sent bien que sa « petite colombe » est un peu folle d'être sortie si tôt ce matin. Elle ne peut qu'imaginer qu'elle est allée à la rencontre d'un amoureux et s'inquiète en bonne nounou de sa santé. Elle lui apporte du café et des tartines sans comprendre véritablement ce que cache le discours d'Antigone. Ismène ne comprend pas non plus l'entêtement de sa soeur, la traitant de folle. Elle finit par croire qu'elle n'a pas envie de vivre. Antigone la détrompe vivement : « Pas envie de vivre... Qui se levait la première, le matin, rien que pour sentir l'air froid sur sa peau nue ? » (p. 28). Elle est animée d'un amour passionné de la vie. Quant à Créon, il ne peut s'expliquer le comportement de sa nièce. « Pourquoi fais-tu ce geste, alors ? (...) Ni pour les autres, ni pour ton frère ? Pour qui alors ? » (p. 73).

Personne ne la comprend, mais elle refuse elle-même de comprendre les autres, s'enfermant progressivement dans sa solitude. « Moi je ne veux pas comprendre un peu » (p. 25), crie-t-elle à Ismène ; et un peu plus tard, elle lance à Créon qui cherche désespérément à la sauver : « Je ne veux pas comprendre. (...)Je suis là pour vous dire non et pour mourir » (p. 82). Et jusqu'au bout, elle persiste dans sa volonté d'agir seule : quand Ismène, à la fin de la pièce, se décide à l'accompagner dans la mort, elle lui oppose un refus catégorique : « Ah ! non. Pas maintenant. Pas toi ! C'est moi, c'est moi seule. Tu ne te figures pas que tu vas venir mourir avec moi maintenant. Ce serait trop facile ! » (p. 98).

Arrivée au terme de sa courte vie, elle ressentira cependant la solitude angoissante qui précède la mort, tandis que la foule, massée aux portes du palais, hurle contre l'insoumise. Elle se sent toute petite, elle a peur, elle a froid. « Deux bêtes se serreraient l'une contre l'autre pour se faire chaud » (p. 112). Les êtres qui l'entouraient au début de la pièce, sa nourrice, Ismène, Hémon, ont disparu. « Toute seule, (...), je suis toute seule », répète-t-elle par deux fois (pp. 111-112). Elle tente de lier conversation avec le garde, mais c'est peine perdue. Celui-ci n'est guère concerné par la mort de la jeune fille. Seuls l'intéressent de mesquins problèmes de promotion, d'avancement et de solde. Antigone voudrait savoir : « Tu crois qu'on a mal pour mourir ? (...) Comment vont-ils me faire mourir ? » (pp. 110-111). Il répond évasivement et sans aucune émotion : elle sera murée vivante, dans un trou. C'est du moins ce qu'il croit avoir entendu. Et il se fait une chique en maugréant contre la « corvée » qui attend les malheureux gardes destinés à être de faction devant le tombeau, en plein soleil.

- **Créon**

La solitude n'est pas le propre d'Antigone. Les principaux personnages de la pièce connaissent aussi l'isolement moral. Créon, en particulier. Le Prologue le présente par ces mots : « Créon est seul ». Sa femme Eurydice ne saurait lui être d'aucun secours. Le petit page qui l'accompagne « est trop petit ». Créon ne peut compter que sur lui-même pour accomplir la difficile tâche de conduire les hommes. Et quand son fils Hémon, désespéré par la mort d'Antigone, lui crie : « Je suis trop seul et le monde est trop nu si je ne peux plus t'admirer », il le repousse et laisse tomber ces mots d'une amère lucidité : « On est tout seul, Hémon. Le monde est nu » (p. 105).

Enfin, quand tout sera achevé, le Chœur dira à Créon : « Et tu es tout seul maintenant, Créon. » Il avouera : « Tout seul, oui » (p. 121). La solitude des êtres est irréductible. Les héros d'Anouilh vivent et meurent seuls, soulignant le tragique de la condition humaine.

L'ENFANCE

Il est un adjectif révélateur, qui revient comme un leitmotiv : c'est le mot *petit*. Il est utilisé plus de 70 fois, et ce n'est pas un hasard. Il accompagne presque toujours le nom d'Antigone. Antigone, « c'est la petite maigre »... la nourrice l'appelle « ma petite », Ismène « ma petite soeur » ; le garde la traite de « petite hyène » et la compare à une « petite bête »... Créon la considère comme une « petite fille » avant de lui trouver l'air d'un « petit gibier pris » ; et de la qualifier de « petite peste », de « petite furie » ou de « petite idiote » ; et pour finir, le Chœur nous dit que « sans la petite Antigone », nous aurions tous été bien tranquilles... Mais ce qu'il y a de plus curieux, c'est qu'Antigone elle-même sent qu'elle est encore une enfant, et qu'elle n'est pas de taille à jouer son rôle. À quoi sert la nourrice, sinon à souligner par sa présence la fragilité de celle qui se blottit dans ses bras en l'appelant « nounou » ? Et tous ces symboles que sont Douce, la chienne d'Antigone avec sa bonne grosse tête, et cette petite pelle de fer, qui lui servait à faire des châteaux de sable sur la plage, et avec laquelle elle a recouvert le corps de son frère, et cette fleur de papier que Polynice lui avait rapportée d'une soirée et qu'elle avait conservée précieusement, et cette poupée que Créon lui avait donnée il n'y a pas si longtemps ?

Que l'on ajoute l'évocation du « petit garçon » qu'Antigone « a eu en rêve » avec Hémon, et la présence du petit page auprès de Créon, et l'on aura tous les éléments de cet univers de l'enfance qui n'apparaissait nullement dans la tragédie grecque et qui constitue la principale originalité de la pièce d'Anouilh. Et cela pour deux raisons.

Dans l'*Antigone* de Sophocle, l'héroïne était à la mesure de son aventure. Sa force, née de sa conscience et de ses convictions, se révélait indomptable face à la loi d'un tyran. Notre petite Antigone à nous n'est pas au niveau de son histoire, du moins au début. N'avoue-t-elle pas qu'elle se sent « encore un peu petite pour cela » ? C'est de ce contraste entre un personnage et une mission qu'Anouilh va tirer ses effets les plus pathétiques, car il va s'agir pour la frêle jeune fille de se hisser à la hauteur de son entreprise, et de montrer de quoi elle est capable. C'était déjà la tâche de la Judith de Giraudoux, et aussi — comme nous l'avons vu — de son Électre, au moment où elles « se déclarent ». Ce sera le rôle qu'Anouilh lui-même attribuera plus tard à sa Jeanne dans *L'Alouette* : comment l'humble paysanne de Domrémy va-t-elle devenir Jeanne d'Arc ? Et l'élégant et sceptique Becket, comment va-t-il devenir archevêque-primat d'Angleterre ? Certes, dans ce dernier cas, on ne peut parler du monde de l'enfance, puisque Becket est un homme mûr, mais le problème reste le même, car, après tout, il s'agit de mourir. *Mourir* pour *devenir* soi. Mourir pour *être* soi. Mourir pour être Jeanne d'Arc, pour être Becket, pour être Antigone. Et plus on est jeune, plus on est faible, plus on aime la vie — plus le sacrifice sera dur[1].

Curieusement, c'est au moment où Antigone va *grandir* pour assumer sa mission qu'elle découvre avec horreur le monde des adultes, un monde où l'on ne croit pas ce que l'on fait, où l'on ne fait pas ce que l'on dit, où l'on ne dit pas ce que l'on pense. Un monde *absurde*. C'est Créon qui le lui a révélé en lui montrant dans l'exercice du pouvoir une routine aveugle, une mécanique sans âme. Mais il y a pire. Vivre, c'est accepter. Accepter de vieillir, de voir s'effriter une à une ses illusions et ses raisons d'exister. La maturité n'est plus dès lors pour elle qu'une constante démission. Ce qu'Antigone veut préserver coûte que coûte, c'est la magie de l'enfance, la possibilité de croire que les choses sont belles, bonnes et durables. Elle ne veut ni attendre ni transiger : il lui faut l'absolu : « Je ne veux pas être modeste, moi, et me contenter d'un petit morceau si j'ai été bien sage. Je veux être sûre de tout aujourd'hui et que cela soit aussi beau que quand j'étais petite — ou mourir » (p. 95). Dès lors, elle n'a rien à faire d'une vie où tout s'use et se monnaye. Tout ou

---

1. ISMÈNE : Moi tu sais, je ne suis pas très courageuse.
ANTIGONE, *doucement :* Moi non plus. Mais qu'est-ce que cela fait ? (*Nouvelles pièces noires*, pp. 27-28).

rien. Même Créon semble partager à la fin de la pièce les idées de sa nièce, puisqu'il envie l'innocence et la fraîcheur de son petit page.

> CRÉON : (...) Ce qu'il faudrait, c'est ne jamais savoir. Il te tarde d'être grand, toi ?
> LE PAGE : Oh oui, monsieur !
> CRÉON : Tu es fou, petit. Il faudrait ne jamais devenir grand.
>
> (p. 122)

De cette réflexion désabusée, Créon ne tirera pas de conséquences pratiques, mais Antigone, frustrée de son enfance éternelle et chassée de son paradis, ira jusqu'au bout : jusqu'à la mort.

LE BONHEUR

Le bonheur est un thème central dans l'oeuvre de Jean Anouilh. « Il y a deux races d'êtres, dit-il par l'entremise d'un personnage d'*Eurydice*, une race nombreuse, féconde, heureuse, une grosse pâte à pétrir qui mange son saucisson, fait ses enfants, pousse ses outils, compte ses sous bon an mal an, malgré les épidémies, les guerres, jusqu'à la limite d'âge ; des gens pour vivre, des gens pour tous les jours. (...) Et puis il y a les autres, les nobles, les héros. » Antigone fait partie de cette race de héros purs et intransigeants, assoiffés d'un bonheur qui ne souffre pas les compromissions et la médiocrité de la vie quotidienne.

Le thème du bonheur est amorcé au début de la pièce : c'est d'abord Ismène qui souffle à Antigone : « Ton bonheur est là devant toi et tu n'as qu'à le prendre » (p. 29) ; puis Hémon qui évoque le bonheur du couple : « C'est plein de disputes un bonheur. » Antigone ne se prononce pas et change de sujet : « Un bonheur, oui... Écoute, Hémon » (p. 38). Et plus tard, lors de l'entretien qu'elle aura avec son oncle Créon, le mot « bonheur » prendra tout son sens et provoquera le coup de théâtre qui mènera Antigone à la mort. Créon réussit à balayer toutes les raisons qui pouvaient justifier son geste ; il lui rend évidente l'absurdité de sa révolte et démystifie sa foi et son attachement à son « voyou » de frère, selon ses propres termes. Elle-même est sur le point alors d'entendre raison et de remonter dans sa chambre quand il commet l'imprudence de prononcer le mot fatidique : « bonheur ». « La vie, ce n'est peut-être tout de même que le bonheur. » À ces mots, Antigone se réveille : Créon lui propose un simple bonheur humain, prosaïque, banal, routinier, « qu'on grignote, assis au soleil » : « Un livre qu'on aime, (...) un enfant qui joue à vos pieds, un outil qu'on tient bien dans sa main, un banc pour se reposer le soir devant sa maison » (p. 92). Ce n'est pas cela dont elle rêve. Un tel bonheur ne peut que comporter des bassesses et des limites. Créon a un peu honte soudain : « Un pauvre mot, hein ! » Il vient en effet de lui expliquer avec force argumentations que vivre c'est se compromettre en substituant à l'idéal qu'on s'était forgé la prudence et la composition : vivre, c'est composer avec le réel, se plier aux lois de la nécessité et du quotidien. Il vient de lui démontrer que sa pratique politique est fondée sur la tromperie et l'hypocrisie des cérémonies publiques, que son prochain discours, « ce ne sera pas vrai », et il a osé lui parler de bonheur ! Ses arguments sont repris un à un et piétinés misérablement.

Antigone ne veut pas de cette piètre « cuisine » et se met à insulter les « candidats au bonheur » avec leurs « pauvres têtes ». Elle refuse ce bonheur que Créon défend « comme un os », « cette petite chance pour tous les jours, si on n'est pas trop exigeant ». Elle, au contraire, elle est exigeante. Elle veut tout, tout de suite. Elle veut posséder le monde, prendre tous les brins d'herbe et toutes les petites bêtes des prés. Elle ne veut pas attendre. L'espoir n'est qu'un charlatan, il est synonyme d'illusion. Ce qu'on espère, on ne l'aura jamais. C'est pourquoi il devient dans la bouche d'Antigone le « sale espoir ». Elle veut « être sûre de tout aujourd'hui ». Le bonheur, enfin, pour elle c'est vivre ses rêves d'enfance et d'adolescence : « que cela soit aussi beau que quand j'étais petite » ; c'est refuser la vieillesse, les « rides », la « sagesse », le « ventre ». C'est l'amour absolu que l'on vit en dehors du temps : si Hémon change, elle ne pourra plus l'aimer : « Oui, j'aime Hémon. J'aime un Hémon dur et jeune ; un Hémon exigeant et fidèle, comme moi. Mais si votre vie, votre bonheur doivent passer sur lui avec leur usure, si Hémon ne doit plus pâlir quand je pâlis, s'il ne doit plus me croire morte quand je suis en retard de cinq minutes (...), alors je n'aime plus Hémon ! » (p. 93). La passion d'Antigone pour le bonheur vrai exclut tout partage, toute médiocrité. Et c'est pour cela qu'elle meurt, pour fuir le pauvre bonheur des hommes, et pour échapper à la banalité de la condition humaine.

On voit combien l'héroïne d'Anouilh se distingue de l'héroïne de Sophocle : alors que celle-ci accepte de perdre la vie et de sacrifier son bonheur en vertu d'une loi qui la transcende, celle-là meurt en vertu d'une conception du bonheur qu'elle s'est personnellement forgée et qu'elle refuse de trahir.

LA CONCEPTION DU POUVOIR

Le personnage de Créon, roi de Thèbes, incarne le pouvoir et permet à Anouilh de présenter les principaux aspects de la pratique politique.

La politique apparaît comme un métier odieux. « Vous êtes odieux, dit Antigone à Créon. — Oui, mon petit, réplique-t-il, c'est le métier qui le veut » (p. 77). Gouverner, c'est se plier à la raison d'État, en oubliant que l'on règne sur des hommes, en oubliant que l'on est soi-même un homme.

Des sujets qui ne sont plus des hommes

Le roi ne peut se permettre d'établir des distinctions entre les sujets qu'il dirige. Ils représentent pour lui une masse sans nom et sans individualités. Quand il faut redresser la barre ou rétablir l'ordre dans la cité, il n'a ni le temps ni les moyens d'agir au nom d'une quelconque justice : « on tire dans le tas, sur le premier qui s'avance. (...) et la chose qui tombe dans le groupe n'a pas de nom. C'était peut-être celui qui t'avait donné du feu en souriant la veille » (p. 82).

Un roi qui n'est plus un homme

Parce qu'il a une couronne et des gardes (« avec votre attirail », ironise Antigone), le roi ne peut plus raisonner en homme. Il est obligé de faire une « sale besogne » malgré lui : Créon assume des responsabilités qui lui déplaisent, mais il n'a plus la liberté ni le choix de les refuser. Il a dit « oui », et c'est pour cette raison qu'il accepte de se salir les mains. « Le cadavre de ton frère qui pourrit sous mes fenêtres, c'est assez payé pour que l'ordre règne dans Thèbes (...). Ne m'oblige pas à payer avec toi encore. J'ai assez payé » (pp. 80-81). « Et c'est cela, être roi ! » conclut Antigone (p. 80) : être obligé de faire ce que l'on ne veut pas ! C'est aussi mentir au peuple pour se concilier ses faveurs : « Ne m'écoute pas quand je ferai mon prochain discours devant le tombeau d'Étéocle. Ce ne sera pas vrai. Rien n'est vrai que ce qu'on ne dit pas... » (pp. 91-92). Être roi, c'est accepter les mensonges, les compromissions et les crimes, sans même avoir le temps « de se demander s'il ne faudra pas payer trop cher un jour et si on pourra encore être un homme après » (p. 82).

La politique est une « histoire sordide », aucun pouvoir n'est pur. Créon le sait et il a le courage de le proclamer. Anouilh, quant à lui, n'envisage aucune issue.

9 La composition et le style

Il ne faut pas cependant que les thèmes ou les idées philosophiques de la pièce nous fassent oublier l'art avec lequel ils sont présentés.

UNE COMPOSITION DRAMATIQUE

Antigone est une pièce courte, et surtout très resserrée. Pas d'entracte. On peut certes distinguer des moments ou plutôt des phases, mais l'action est continue et va se précipitant. Dans un premier temps, Antigone « se déclare » et liquide son passé : ce sont les scènes avec la nourrice, avec Ismène et avec Hémon. L'action se noue avec l'arrivée du garde : c'est le moment de la « crise » que souligne le Chœur. Il en profite, comme on l'a vu, pour nous expliquer ce qu'est la tragédie, et on pourrait juger oiseuse son intervention. C'est là au contraire une des trouvailles de l'auteur. Loin de retarder le déroulement de l'histoire, il nous avertit dès maintenant que nous n'avons rien à espérer, et que tout va mal finir. On ne peut jouer plus subtilement avec une des règles sacro-saintes du théâtre, celle de la surprise. Nous n'avons plus à nous demander *si* Antigone va mourir, mais *comment* et *pourquoi*. Et sans doute étions-nous prévenus depuis le début de la pièce par le Prologue ; sans doute aussi le sort de la jeune fille grecque ne nous était-il pas inconnu : il n'empêche qu'Anouilh a réussi la gageure de nous tenir en haleine jusqu'au bout. La scène capitale de la pièce constitue le troisième temps : c'est le duel de l'oncle et de la nièce, à l'issue duquel Antigone se condamne à mort. Désormais, tout va aller très vite après les vaines supplications d'Hémon, et la dernière scène avec le garde. Les catastrophes se succèdent, annoncées successivement par le messager, puis le Chœur : la mort d'Antigone, celle d'Hémon, celle d'Eurydice. Du Shakespeare alors ? Du sang, de l'horreur, une violence sauvage destinée à nous faire frissonner ? Pas du tout. On pourrait comparer sur ce point le rythme de la pièce d'Anouilh à celui d'une symphonie dont le dernier mouvement serait un *adagio*. Le moment de la fièvre est passé. Tous les personnages ont crié ce qu'ils avaient à dire. Leur flamme est maintenant éteinte. Pour les survivants, il ne s'agit même plus de récriminer contre le sort. Ils ne s'insurgent pas contre l'aveugle fatalité : elle les comblerait plutôt. Quand le messager annonce qu'Antigone et Hémon sont morts, Créon dit simplement : « Je les ai fait coucher l'un près de l'autre, enfin ! Ils sont lavés, maintenant, reposés. Ils sont seulement un peu pâles, mais si calmes » (p. 119). Les termes sont significatifs : ce sont les mêmes à peu près qu'emploiera le Chœur pour raconter la mort d'Eurydice : « On pourrait croire qu'elle dort. » Enfin ! semblent-ils dire tous, et avec l'auteur, enfin, ils vont pouvoir dormir ! ils sont « tranquilles », « calmes », et pendant que la lumière baisse peu à peu, « un grand apaisement triste tombe sur Thèbes et sur le palais vide où Créon va commencer à attendre la mort » (p. 123). Rien n'est plus émouvant que cette fin feutrée, et cette lente tristesse sans larmes.

COMIQUE ET TRAGIQUE

Ce n'est pourtant pas sur cette note seule qu'Anouilh va laisser les spectateurs, et la dernière vision qu'ils emporteront de la pièce sera celle des gardes, jouant aux cartes et abattant leurs atouts. Il faut faire ici sa place à un comique de dérision, qui alterne avec le tragique ou se combine avec lui. Oui, dans une pièce aussi profonde, aussi dense, aussi bouleversante, Anouilh n'a pas hésité à utiliser des personnages et des procédés qui appartiennent au genre comique. Il a d'abord tout naturellement emprunté à Sophocle le personnage du garde, qui est un personnage de comédie et même de farce. Il ressemble à des valets de Plaute ou de la comédie italienne, ou même au Sosie de Molière. Comme eux, c'est un pleutre, et ses atermoiements nous amusent. Il bafouille, il tremble, il est vert de peur. Mais Anouilh a été bien plus loin que son modèle grec : non seulement il le fait intervenir plusieurs fois, mais il le multiplie et ce sont bientôt trois gardes qui apparaissent sur la scène, également lâches, naïfs, et rigolards dès que le danger est passé et que leur vie n'est plus menacée.

Il y a un autre comique, tout aussi traditionnel et qui provient plutôt de l'héritage de Courteline. C'est le comique que suscite le fonctionnaire, plus exactement le « préposé ». Même respect superstitieux de la consigne, même préoccupation de la solde et de l'avancement, même langage, et, si l'on peut dire, même accent : l'accent « gendarme », avec un mélange savoureux de vulgarité et de vocabulaire technique. Un seul impératif : pas d'histoires ! C'est également aux *Gaietés de l'Escadron* et au *Train de 8 h 47* du même Courteline que font penser les joyeuses gaudrioles et les grossièretés des trois gardes quand ils évoquent le « gueuleton » qu'ils vont « se payer pour fêter ça ! » ou les orgies escomptées au « Palais arabe ».

Mais rien de tout cela n'est gratuit. Ce comique troupier n'a aucune valeur *en soi*, et Anouilh ne l'a introduit que *parce que Antigone est présente*. Rappelons-nous : elle vient d'être arrêtée, elle a les menottes aux mains, et, sans s'occuper d'elle, les gardes échangent leurs lourdes blagues et leurs plaisanteries équivoques. Les spectateurs les entendent, mais ils n'ont pas envie de rire, parce qu'ils les entendent par les oreilles d'Antigone. C'est le contraste entre la situation de la jeune fille et l'indifférence des trois hommes qui fait toute la valeur de la scène. Il est une autre scène où ce contraste est encore plus marqué, et devient presque insoutenable. C'est le moment où, juste avant de mourir, Antigone est restée seule avec le garde. À ce dernier instant, elle aurait besoin d'un peu de chaleur humaine, et elle interroge l'homme sur sa famille, puis sur sa profession. Et lui, l'imbécile, se lance dans de longues considérations sur la différence entre les sergents et les brigadiers. Le moins qu'on puisse dire est que ce n'était pas le moment.

La deuxième partie de la scène, qui nous montre Antigone dictant au garde sa lettre à Hémon, est un merveilleux exemple de ce que deviennent les mots quand ils passent d'une bouche dans l'autre. Antigone s'apprête à dicter et le gros homme a sorti son carnet. Avec un rire entendu, il interroge : « C'est pour votre bon ami ? » La voix, les termes, l'écriture, tout cela fait frissonner Antigone. Elle commence cependant, et l'homme répète lentement après elle, en roulant les r comme on l'imagine : « Mon chéri, j'ai voulu mourir et tu ne vas peut-être plus m'aimer... »

Ce contrepoint pourrait être comique en d'autres circonstances : il est ici déchirant, car c'est pour mieux enfermer Antigone dans le cercle de la solitude qu'Anouilh a accentué par opposition la lourdeur et le burlesque des gardes. Ils sont les représentants d'une humanité incorrigiblement vaine, et ils n'ont visiblement rien compris à cette aventure. Pièce noire, *Antigone* est déjà une pièce « grinçante ».

LE STYLE

À chacun son langage

Dira-t-on que le mélange des genres entraîne le mélange des styles ? Pas nécessairement. Certes, comme il est naturel, les gens du peuple parlent le langage de leur condition.

La nourrice, par exemple, a un style parlé, réaliste et familier : « Il va falloir te laver les pieds avant de te remettre au lit », dit-elle à Antigone ; et marmonnant toute seule : « Mon Dieu, cette petite, elle n'est pas assez coquette. (...) Les garçons ne verront qu'Ismène avec ses bouclettes et ses rubans *et il me la laisseront sur les bras*[1] » (p. 17). Quelquefois son expression est franchement et plaisamment incorrecte : « Qui est-ce ? » demande-t-elle quand elle croit qu'elle a un amoureux (...) « Un garçon *que tu ne peux pas dire à ta famille*[1] : Voilà, c'est lui que j'aime, je veux l'épouser » (p. 17).

Les gardes aussi emploient un langage coloré, truculent, souvent très grossier, qui correspond à leurs personnages : « On ne dormait pas, chef, ça on peut vous le jurer tous les trois qu'on ne dormait pas. » « Moi, ce qu'elle a à dire, je ne veux pas le savoir ! » (p. 55). « Et c'est qu'elle se débattait, cette garce ! » (p. 57). « Écoutez-moi, je vais vous dire : on va d'abord chez la Tordue, *on se les*[1] cale comme il faut et après on va au Palais » (p. 59). Tout ce pittoresque est normal et donne vie et relief au dialogue.

---

1. C'est nous qui soulignons

Mais les autres personnages ? Ont-ils un style particulièrement noble et relevé ? Examinons celui d'Ismène. Non seulement il n'a rien de recherché, mais il est loin d'être toujours correct. « Je réfléchis plus que toi, dit-elle à sa soeur. *Toi c'est ce qui te passe par la tête*[1] tout de suite, et tant pis si c'est une bêtise » (p. 24). Qu'en penserait un grammairien ? Et que dire de la longue tirade où, avec plus de force que de logique et de clarté, elle évoque la fureur de la foule déchaînée contre elles : « Ils nous cracheront à la figure. Et il faudra avancer dans leur haine sur la charrette avec leur odeur et leurs rires jusqu'au supplice. Et là il y aura les gardes avec leurs têtes d'imbéciles, congestionnées sur leurs cols raides, leurs grosses mains lavées, leur regard de boeuf *qu'on sent qu'on*[1] pourra toujours crier, essayer de leur faire comprendre, qu'ils vont comme des nègres et qu'ils feront tout ce qu'on leur a dit scrupuleusement, sans savoir si c'est bien ou mal... » (p. 27). Le nombre de questions que suscite cette phrase au point de vue du sens et de la syntaxe est prodigieux ! Et pourtant elle a une telle puissance, une telle richesse d'images, qu'on tremble avec Ismène, qu'on est saisi de panique avec elle. Ne serait-ce pas qu'Anouilh se préoccupe avant tout du mouvement, du dynamisme de la phrase et de sa véhémence ?

Antigone aussi, avec ses sourcils joints et son regard droit devant elle, se définit avec la même ellipse vigoureuse qu'Ismène : « *Ce qui lui passe par la tête*, la petite Antigone, la sale bête, *l'entêtée, la mauvaise, et puis on la met dans un coin ou dans un trou* » (p. 25). Et elle refuse de comprendre « *qu'on ne doit pas* (...) se baigner quand il est trop tôt ou trop tard, mais *pas juste*[1] quand on en a envie » (p. 26). Sa colère et son emportement justifient toutes les licences. Que dire alors de la fin de la scène avec Créon, où telle une furie, en proie à une véritable transe, elle crache avec violence son mépris ? Qu'on en juge : « Vous me dégoûtez tous avec votre bonheur ! Avec votre vie qu'il faut aimer coûte que coûte. On dirait des chiens qui lèchent tout ce qu'ils trouvent. Et cette petite chance pour tous les jours, si on n'est pas trop exigeant » (pp. 94-95). Hirsute, déchaînée, elle n'est plus

---

1. C'est nous qui soulignons.

l'enfant fragile et apeurée : elle est la sauvage, elle ne contrôle plus son expression. Créon lui-même , si maître de lui au début, perdra peu à peu toute mesure et toute dignité, et l'état d'exaspération où l'a conduit Antigone se traduira par une série d'exclamations et d'apostrophes vulgaires.

Si donc Anouilh, comme nous l'avons vu en comparant sa pièce à celle de Sophocle, emprunte parfois des formules à l'auteur grec, son style est profondément différent, soit par sa familiarité, soit pas ses incorrections, soit par sa crudité ou sa violence.

Images et comparaisons

Il n'en comporte pas moins de véritables morceaux d'anthologie : ce sont ceux qui illustrent la vision du monde et les récits des principaux personnages. C'est ici qu'on peut parler de la poésie de Jean Anouilh, car il utilise des images et des comparaisons qui viennent renforcer les idées et les sentiments exprimés. À côté d'un dialogue, vif et resserré, en marge des cris nous trouverons ainsi de vastes tableaux ou des scènes gravées avec un art dont l'humour est parfois cruel. C'est le cas de la description que fait Créon de l'enterrement selon les rites :

« Tu as vu ces pauvres têtes d'employés fatigués écourtant les gestes, avalant les mots, bâclant ce mort pour en prendre un autre avant le repas de midi ? (...) Et tu risques la mort maintenant parce que j'ai refusé à ton frère ce passeport dérisoire, ce bredouillage en série sur sa dépouille, cette pantomime dont tu aurais été la première à avoir honte et mal si on l'avait jouée » (p. 72). La force expressive des verbes (« écourtant, avalant, bâclant, prendre ») et des substantifs (« passeport, bredouillage, pantomime ») suggère irrésistiblement l'idée d'un cérémonial absurde, comme celui auquel assiste Meursault lors de l'enterrement de sa mère dans l'*Étranger* de Camus.

Plus loin, quand, à bout de patience, Créon essaye d'expliquer à sa nièce ce qu'est l'exercice du pouvoir, s'il utilise l'image traditionnelle du navire (« il faut pourtant qu'il y en ait qui mènent la barque », p. 81), il la développe longuement et en fait un drame avec ses épisodes, la tempête, le naufrage, la révolte de l'équipage, le sauve-qui-peut, et le capitaine qui fait front : « On prend le bout de bois, on redresse devant la montagne d'eau, on gueule un ordre et on tire dans le tas, sur le premier qui s'avance » (p. 82).

Pour faire entendre à Antigone qu'il faut « dire oui » au monde, il compare aussi les hommes aux animaux, à ces bêtes qui « vont, se poussant les unes après les autres, courageusement, sur le même chemin » (p. 83). Enfin, racontant les « funérailles grandioses » qu'il a fait faire à Étéocle — il fallait bien ! Et avec les honneurs militaires ! — il brosse une étonnante image d'Épinal : « Tout le peuple était là. Les enfants des écoles ont donné tous les sous de leur tirelire pour la couronne ; des vieillards, faussement émus, ont magnifié, avec des trémolos dans la voix, le bon frère, le fils fidèle d'Œdipe, le prince loyal. Moi aussi, j'ai fait un discours » (pp. 88-89).

C'est donc surtout dans le style de Créon que le recours à l'image est le plus fréquent : c'est que pour convaincre Antigone, il use de tous les moyens possibles et le meilleur est encore de lui mettre les choses sous les yeux.

Mais il ne faudrait pas croire qu'il a le monopole de la poésie. Dès sa première apparition, à l'aube, quand, ses souliers à la main, Antigone revient de sa mission, elle raconte à sa nourrice qu'elle est allée se promener, et son évocation de la campagne a quelque chose d'étrange et de prenant : « C'était beau. Tout était gris. (...) Le jardin dormait encore. Je l'ai surpris, nourrice. Je l'ai vu sans qu'il s'en doute. C'est beau un jardin qui ne pense pas encore aux hommes. (...) Dans les champs c'était tout mouillé et cela attendait. Tout attendait. Je faisais un bruit énorme toute seule sur la route et j'étais gênée parce que je savais bien que ce n'était pas moi qu'on attendait » (pp. 14-15). Cette délicatesse, ce sens inné du mystère, nous permettent dès le début d'être attendris par cette petite fille dont le langage est encore si proche de celui de l'enfance, quand elle dit par exemple à sa nourrice : « Ne laisse pas couler tes larmes dans toutes les petites rigoles, pour des bêtises comme cela — pour rien » (p. 20), ou qu'elle lui demande : « Fais-moi tout de même bien chaud comme lorsque j'étais malade... »

C'est la même poésie qui perce de façon inattendue dans le récit du messager à la fin de la pièce. Inattendue parce qu'il est venu raconter la mort d'Antigone et celle d'Hémon, et qu'il n'est pas difficile d'imaginer l'horreur des détails. Et certains donnent sans doute le frisson, mais voici le tableau qu'Anouilh a choisi de nous faire découvrir : « Antigone est au fond de la tombe pendue aux fils de sa ceinture, des fils bleus, des fils verts, des fils rouges qui lui font comme un collier d'enfant, et Hémon à genoux qui la tient dans ses bras et gémit, le visage enfoui dans sa robe » (p. 118). La curieuse vision de ces fils multicolores — on dirait une toile naïve — vient en quelque sorte prolonger le monde de l'enfance, et nous laisse sur une impression non dépourvue de douceur.

10 Le sens de la pièce

Une douceur inquiétante et trouble. Mais *Antigone* n'est-elle pas tout entière sous le signe de l'ambiguïté ? Qu'on se rappelle la définition de la tragédie, « propre, reposante et sûre ». Tout au long de sa pièce, Anouilh s'est plu à jouer avec les mots et avec l'idée même de vérité. Qui a raison dans cette oeuvre ?

Dès qu'elle fut jouée en février 1944, on s'est interrogé sur la signification qu'elle pouvait avoir à sa date, la dernière année de l'Occupation. Les uns y ont vu une apologie du gouvernement de Vichy et se sont ingéniés à rechercher des allusions (« il faut pourtant qu'il y en ait qui mènent la barque »). Même la phrase : « Les officiers sont déjà en train de se construire un petit radeau confortable, rien que pour eux, avec toute la provision d'eau douce pour tirer au moins leurs os de là », était selon certains une référence à l'épisode du « *Massilia* », le bateau sur lequel en 1940 des parlementaires avaient essayé de quitter la France. Créon devenait ainsi le porte-parole des « pétainistes ». Pour les autres, au contraire, la pièce exaltait l'opposition à un pouvoir tyrannique en même temps que le devoir de désobéissance, et faisait l'éloge des « résistants » dont Antigone devenait le porte-drapeau. Interprétations tout aussi vaines l'une que l'autre et Anouilh a eu raison de s'en moquer[1]. La dialectique du oui ou du non dans sa pièce n'est pas engagée sur un terrain politique, et encore moins à propos de circonstances précises, mais sur un terrain philosophique et moral.

---

1. Dans *Les Poissons rouges*, il fait dire à La Surette, qui sous l'Occupation, a dénoncé aux Allemands l'auteur dramatique Antoine : « Hé bien, oui ! je la trouvais dangereuse, moi, ta fausse pièce grecque ! Ne serait-ce que pour le moral des officiers fritz qui écoutaient ça tous les soirs » (*Nouvelles pièces grinçantes*, p. 553).

Le conflit qui oppose Créon à Antigone est universel et définit deux comportements de l'homme devant l'existence : ou bien, comme Créon, il accepte la vie telle qu'elle est, parfois médiocre, certes, mais sachant qu'il n'y a rien d'autre à faire, c'est la morale du oui ; ou bien, comme Antigone, il refuse la mesquine réalité et les compromissions au nom d'un rêve d'idéal et d'absolu, c'est la morale du non.

Quelle attitude Anouilh nous invite-t-il à choisir ? Entière liberté est laissée au spectateur. *Antigone* n'est pas une pièce à thèse, et c'est intentionnellement que l'auteur ne prend pas parti. L'on sait combien il s'est élevé contre ceux qui lui demandaient ce qu'il avait voulu dire dans *Antigone*. La pièce donne toutefois lieu à certaines interprétations, comme toute création artistique et littéraire. Il est intéressant de remarquer, par exemple, que les deux personnages, Antigone et Créon, adoptent à la fin de la pièce la position de l'autre, et inversent leur oui et leur non : Antigone, au moment de mourir, donne raison à son oncle : « Et Créon avait raison. (...) Je le comprends seulement maintenant combien c'était simple de vivre... » (p. 115). Elle a perdu toutes ses illusions, elle est assaillie par le doute. Quant à Créon, même s'il apparaît sûr de lui dans sa morale d'acceptation de la vie, il prononce un « oui » bien peu enthousiaste. C'est d'un ton triste et parfois désespéré qu'il défend la cause du bonheur (« Un pauvre mot, hein ? »), et il finit par partager la répugnance d'Antigone devant la maturité et l'âge adulte : « Il faudrait ne jamais devenir grand », dit-il au petit page. Est-ce à dire que la querelle d'Antigone et de Créon est, à certains égards, un conflit de générations ? Intolérance de la jeunesse avide d'absolu contre la tolérance de l'âge mûr qui, pour avoir vécu, se plie à la nécessité de la vie ? Quoi qu'il en soit, ni Antigone ni Créon n'ont le dernier mot, ni l'un ni l'autre n'est porteur d'un message exclusif et définitif : Antigone est morte, Créon attend la mort. Le choix de Créon est aussi incertain que celui d'Antigone et la mort est finalement la seule issue : « Oui, nous sommes tous touchés à mort » (p. 106), dit Créon à la fin de la pièce. Le pessimisme d'Anouilh semble à son comble.

Aujourd'hui, il nous est permis de replacer la pièce d'*Antigone* dans l'itinéraire de l'écrivain. À la lumière des oeuvres postérieures à 1944, nous pouvons y déceler, à l'état d'ébauche, une nouvelle orientation dans la pensée du dramaturge : une certaine méfiance à l'égard de l'héroïsme et une forme d'acceptation, désabusée sans doute, de la vie.

Remarquons qu'Anouilh a mis en scène un Créon humain, dont le principal souci est de sauver Antigone. Le dénouement de la pièce est problématique, certes, mais l'on peut se demander si, en définitive, Créon n'appelle pas davantage la sympathie qu'Antigone murée dans sa révolte et son entêtement de petite fille. Anouilh semble bien dénoncer l'héroïsme et l'intransigeance comme de véritables dangers générateurs de sacrifices sanglants. Peut-être vaut-il mieux se laisser aller comme Créon à une sagesse modérée faite d'acceptation, de courage et de lucidité. Une morale de la vie en somme, avec ses difficultés, ses contingences, ses compromissions, qu'il est certainement difficile d'assumer. « Pour dire oui, il faut suer et retrousser ses manches, empoigner la vie à pleines mains et s'en mettre jusqu'aux coudes. C'est facile de dire non, même si on doit mourir » (p. 83), telles sont les paroles de Créon. Dans *Roméo et Jeannette* (1947), on entend les mêmes propos : « Mourir, ce n'est rien, commence donc par vivre. C'est moins drôle et c'est plus long. »

La vie l'emporte, Créon l'a acceptée au nom d'une nécessité biologique ; l'on ne peut la refuser, ce serait contraire à la nature : « Tu imagines un monde où les arbres aussi auraient dit non contre la sève, où les bêtes auraient dit non contre l'instinct de la chasse ou de l'amour ? Les bêtes, elles au moins, sont bonnes et simples et dures. Elles vont, se poussant les unes après les autres, courageusement, sur le même chemin. Et si elles tombent, les autres passent et il peut s'en perdre autant que l'on veut, il en restera toujours une de chaque espèce prête à refaire des petits et à reprendre le même chemin avec le même courage, toute pareille à celles qui sont passées avant » (p. 83) Une vision de l'existence que l'on peut rapprocher de celle de Camus : « L'homme absurde dit oui et son effort n'aura plus de cesse », écrit-il dans *Le Mythe de Sisyphe*. Et enfin : « Il faut imaginer Sisyphe heureux ». Tel est aussi l'honneur de l'homme pour Anouilh : vivre sans espoir et continuer sa tâche tout en la sachant absurde. La vie réserve tout de même quelques petits moments de bonheur, « un livre qu'on aime, (...) un enfant qui joue à vos pieds, un outil qu'on tient bien dans sa main, un banc pour se reposer le soir devant sa maison (...), la vie, ce n'est peut-être tout de même que le bonheur » (p. 92). Le personnage de Créon qui est une pure création d'Anouilh, détient peut-être la clé de la pièce.

QUELQUES JUGEMENTS

• De Robert de Luppé, *Jean Anouilh* (Éditions Universitaires, 1959) :
« L'erreur de Créon, née de l'orgueil, est de mettre les lois de la cité au-dessus des lois divines ; l'erreur d'Antigone est de nier la vie, la vie dans son développement naturel ; dans cette perspective, son royaume d'enfance ne pouvait être que le lieu d'une régression. »

• De Robert Kemp (*Le Monde,* 16 septembre 1946) :
« Vivre et rester pur sont-ils conciliables ? M. Anouilh se le demande depuis qu'il écrit. Il n'est pas le seul (...). Ce qui serait irréparable, c'est que la victoire des pragmatistes fit périr toutes les Antigones, toutes les âmes orgueilleuses et indépendantes. Elles ne savent pas vivre. Et ce sont elles qui méritent de vivre. »

• De Pol Gaillard (*La Pensée,* n° 1, oct.-nov.-déc. 1944) :
« Cette nouvelle "héroïne" ne rejette pas seulement une forme de société ou un certain type d'hommes, elle dit non à tout, au monde et aux êtres, au bonheur, à la vie, à "tout ce qui n'est pas aussi pur qu'elle" dit Anouilh... L'Antigone de Sophocle, qui se sacrifiait pour la justice et pour l'amour, est devenue une petite mystique sans intelligence qui finalement "ne sait plus pourquoi elle meurt".
(...) Et Créon, qui parait à première vue s'opposer à Antigone comme la raison à la chimère, ne croit à rien lui non plus... Ce tyran qu'on nous présente comme sincère, perspicace, capable de sacrifice, a l'esprit stérile comme un fruit sec ; sa seule idée est que la vérité nuit à la tranquillité publique. Égisthe, dans *Les Mouches* de Sartre, avait de l'ambition, des buts, des projets ; Créon, lui, ne voit jamais plus loin que le jour suivant, c'est un fonctionnaire automate qui travaille dans le vide et échafaude les combinaisons les plus compliquées sans autre dessein que de tenir son peuple dans l'ignorance et l'hébétude : un dictateur qui n'a même pas trouvé de mots d'ordre ! »

• De Clément Borgal (*Anouilh, la peine de vivre,* Le Centurion, 1966) :
« Sans la moindre contestation possible, le dernier mot demeure à Créon. Supporte et abstiens-toi ; c'est encore ta plus grande chance de n'être pas trop malheureux. On a reconnu, bien sûr, la devise du stoïcisme. »

• De Paul Ginestier (*Anouilh,* Seghers, 1969) :
« L'absurde remplit le monde. Antigone va jouer son rôle jusqu'au bout sans motif et sans motivation, sa révolte la transcende lorsqu'elle annonce qu'elle va mourir : ''Pour personne, pour moi.'' Ce triomphe sublime de l'orgueil qui trouve sa victoire au fond même de la défaite rappelle celui de Dom Juan de Molière, d'Athalie chez Racine, et ceux des personnages légendaires, Sisyphe et Prométhée, si admirablement analysés par Camus et, dans la vie réelle, se rapproche de la remarque de Montherlant : ''Je n'ai que l'idée que j'ai de moi-même pour me soutenir sur les mers du néant''. »

• De Pierre-Henri Simon (*Théâtre et destin,* Armand Colin, 1959) :
« Le duel (entre Créon et Antigone) n'est plus, en définitive, entre deux idéalistes dont chacun porte une vérité, mais entre deux nihilistes dont ni l'un ni l'autre n'a mieux à offrir que son désespoir, tourné en molle résignation chez Créon, en vaine révolte chez Antigone. Dans la torsion imposée par Anouilh à la grande idée du drame antique, on découvre mieux que partout ailleurs le passage d'un tragique de l'absolu à un tragique de l'absurde. »

ÉLÉMENTS DE BIBLIOGRAPHIE

Études critiques

— H. Gignoux, *Jean Anouilh* (Temps présent, 1946). (À la date où il a été écrit, cet ouvrage constitue une très intéressante tentative de classement des premiers thèmes d'Anouilh.

— J. Didier, *À la rencontre de Jean Anouilh* (Liège, 1944, Bruxelles, 1946)

— S. Radine, *Anouilh, Lenormand, Salacrou* (Trois collines, Genève, 1951). Comparaison fructueuse entre « trois dramaturges à la recherche de leur vérité. ».

— Owen Marsh, *Jean Anouilh, poet of Pierrot and Pantaloon* (Éd. Allen and Co, London, 1953). L'influence de la comédie italienne.

— Pierre-Henri Simon, *Théâtre et destin* (Armand Colin, 1959). Une analyse du thème de la pureté et une petite étude d'Antigone.

— L. C. Prouko, *The World of Jean Anouilh* (University of California Press, 1961).

— Ph. Jolivet, *Le Théâtre de Jean Anouilh* (Marcet Brient, 1963).

— Pol Vandromme, *Jean Anouilh, un Auteur et ses Personnages* (La Table Ronde, 1965). Avec des confidences d'Anouilh qui éclairent ses intentions.

— C. Borgal, *Anouilh, la Peine de vivre* (Centurion, 1966). Analyse faite d'un point de vue chrétien.

— R. de Luppé, *Jean Anouilh* (Classiques du XXe siècle, 1967). Analyse thématique, avec la reproduction des fragments d'un Oreste inédit d'Anouilh.

— P. Ginestier, *Anouilh* (Seghers, 1974, 2e éd. refondue). Étude détaillée de chaque pièce, accompagnée de textes divers d'Anouilh précisant ses idées sur le théâtre.

— S. Fraisse, *Le Mythe d'Antigone* (A. Colin, coll. « U Prisme », 1974).

— Jacques Vier, *Le Théâtre de Jean Anouilh* (Sedes, 1976). Une étude générale du théâtre de Jean Anouilh.

— Bernard Breugnot, *Les Critiques de notre temps et Anouilh* (Garnier, 1977). Une série de textes choisis et présentés par B. Breugnot.

— Jacqueline de Romilly, *La Tragédie grecque* (P.U.F., coll. « Quadrige », 1982). Pour une approche de la tragédie grecque.

— Georges Steiner, *Les Antigone* (Gallimard, Bibliothèque des Idées, 1986). Une interrogation sur le sens du mythe à travers la littérature occidentale.
— Jean Anouilh, *La Vicomtesse d'Eristal n 'a pas reçu son balai mécanique* (La Table Ronde, 1987). Anouilh livre ses souvenirs de jeunesse.

Il faut ajouter à cette liste le *26ᵉ cahier* de la Compagnie Madeleine Renaud-J.-L. Barrault qui est consacré à Molière et à Anouilh (avec des propos d'acteurs et d'hommes de théâtre).

INDEX DES THÈMES ET DES NOTIONS

Les références renvoient aux pages du Profil.

156 **Ponge**, Le parti pris des choses et autres recueils
28 **Prévert**, Paroles
6 **Prévost (abbé)**, Manon Lescaut
263 **Primo Levi**, Si c'est un homme
75 **Proust**, À la recherche du temps perdu
233/234 **Queneau**, Les fleurs bleues
62 **Rabelais**, Gargantua / Pantagruel
149 **Racine**, Andromaque
193 **Racine**, Bérénice
109 **Racine**, Britannicus
189 **Racine**, Iphigénie
39 **Racine**, Phèdre
227/228 **Renoir**, La règle du jeu
55 **Rimbaud**, Poésies
246 **Rimbaud**, Une saison en enfer/ Illuminations
82 **Rousseau**, Les confessions
215/216 **Rousseau**, Les confessions (Livres I à IV)
61 **Rousseau**, Rêveries du promeneur solitaire
243 **Sarraute**, Enfance
31 **Sartre**, Huis clos
194 **Sartre**, Les mots
18 **Sartre**, La nausée
209/210 **Senghor**, Éthiopiques
170 **Shakespeare**, Hamlet
169 **Sophocle**, Œdipe roi
44 **Stendhal**, La chartreuse de Parme
20 **Stendhal**, Le rouge et le noir
86 **Tournier**, Vendredi ou les limbes du Pacifique
148 **Vallès**, L'enfant
247 **Verlaine**, Fêtes galantes et autres recueils
218 **Vian**, L'écume des jours
262 **Voltaire**, Candide
113 **Voltaire**, L'ingénu
188 **Voltaire**, Zadig et Micromégas
35 **Zola**, L'assommoir
77 **Zola**, Au bonheur des dames
100 **Zola**, La bête humaine
8 **Zola**, Germinal
235 **Zola**, Thérèse Raquin
248 **Zweig**, Le joueur d'échecs

TEXTES EXPLIQUÉS

160 **Apollinaire**, Alcools
131 **Balzac**, Le père Goriot
141/142 **Baudelaire**, Les fleurs du mal/ Le spleen de Paris
135 **Camus**, L'étranger
159 **Camus**, La peste
143 **Flaubert**, L'éducation sentimentale
108 **Flaubert**, Madame Bovary
110 **Molière**, Dom Juan
166 **Musset**, Lorenzaccio
161 **Racine**, Phèdre
107 **Stendhal**, Le rouge et le noir
236/237 20 textes expliqués du XVIe siècle
220 **Verlaine**, Poésies
104 **Voltaire**, Candide
136 **Zola**, Germinal

BAC 2002 QUESTIONS TRAITÉES

Bac lettres Tle L/ES : les questions d'oral et d'écrit

PROFIL HISTOIRE LITTÉRAIRE

114/115 50 romans clés de la littérature française
174 25 pièces de théâtre de la littérature française
119 Histoire de la littérature en France au XVIe siècle
120 Histoire de la littérature en France au XVIIe siècle
139/140 Histoire de la littérature en France au XVIIIe siècle
123/124 Histoire de la littérature en France au XIXe siècle
125/126 Histoire de la littérature en France au XXe siècle
128/129 Mémento de la littérature française
151/152 Le théâtre : problématiques essentielles
179/180 La tragédie racinienne
181/182 Le conte philosophique voltairien
183/184 Le roman d'apprentissage au XIXe siècle
197/198 Les romans de Malraux : problématiques essentielles
201/202 Le drame romantique
223/224 Les mythes antiques dans le théâtre français du XXe siècle
229/230 Le roman naturaliste : Zola, Maupassant
231 Maîtres et valets dans la comédie du XVIIIe siècle
250/251 La poésie au XIXe et au XXe siècle
252/253 Les mouvements littéraires du XVIe au XVIIIe siècle
254/255 Les mouvements littéraires du XIXe et du XXe siècle
256/257 Le roman et la nouvelle
258/259 La tragédie et la comédie
260/261 Le biographique

GROUPEMENT DE TEXTES

94 La nature : Rousseau et les romantiques
95 La fuite du temps : de Ronsard au XXe siècle
97 Voyage et exotisme au XIXe siècle
98 La critique de la société au XVIIIe siècle
106 La rencontre dans l'univers romanesque
111 L'autobiographie
130 Le héros romantique
137 Les débuts de roman
155 La critique de la guerre
162 Paris dans le roman au XIXe siècle

Imprimé en France par l'Imprimerie Hérissey - 27000 Évreux
Dépôt légal : 18204 - Septembre 2002 - N° d'impression : 93084